당시 사계

唐詩 四季

가을을 노래하다

당시 사계

唐詩 四季

秋

가을을 노래하다

삼호고전연구회 편역

도서출판 수류화개

머리말

얼마 전만 해도 날씨가 무더웠는데 처서處暑가 지나고 상강이 지나자 날씨가 변하기 시작했다. 아무리 더운 여름이라도 가을로 들어서는 입추入秋를 지나 처서가 되면 후터분한 바람도 이내 선선해진다. 늘 그랬다. 이런 이름을 붙인 건 바로 이 때문이었을까? 당唐 공영달孔穎達은 '처서'를 "더위가 물러가 숨는 절기[暑將退伏而潛處]"라고 풀이하였다. 당대唐代로부터 현재까지 약 1400여 년간 환경과 사회는 '경천동지驚天動地'할 정도로 바뀌었지만, 자연은 그 자리를 묵묵히 지키며 운행해 온 것이다. 계절의 변화가 큰 만큼 우리가 이 가을에 대해 느끼는 감정도 제각각이다. 누군가는 먼 외지에 떠나보낸 아들·딸을 생각하며 걱정이 앞설 것이고, 누군가는 객지에서 따뜻한 고향집에 대한 향수를 떠올릴 것이다. 누군가는 청량한 맑은 날 일상을 벗어난 여행을 준비할 것이고, 또 누군가는 내리는 가을비 소리를 들으며 추억에 잠길 것이다.

가을에 일어나는 이러한 감정은 당나라 사람도 마찬가지였다. 공무公務로 헤어진 부부는 내리는 가을비 소리를 들으며 서로 그리워하였고, 수자리 나간 남편을 그리워하는 아내는 풀벌레 소리를 들으며 남편의 안위를 걱정하였다. 고향을 떠난 나그네는 서늘한 바람에 고향 친구가 먼저 생각났고, 실의에 빠진 궁녀는 냉랭한 가을 달빛에 하늘을 올려다보며 견우와 직녀의 고사를 떠올렸다. 이렇게 당나라 시인은 '가을비 소리', '풀벌레 소리', '서늘한 바람', '냉랭한 달빛' 등 보거나 듣거나 느낄 수 있는 가을의 경물景物을 사람의 감정感情과 잘 결합시켰다. 변화한 자연의 모습에 자신의 정서를 투사하여 시를 지은 것이다. 이것이 이른바 정경교융情景交融이다.

가을은 변화하는 자연의 모습을 감상하면서 다양한 생각과 감정이 일어나는 특별한 계절이다. 그러나 자연과 조금 멀어지게 된 현대 사회에서 이러한 계절의 변화를 느끼기에는 한계가 있을 것이다. 그렇다면 직접 체험에 나설 수밖에 없다. 퇴고가 한창이던 어느날 서둘러 저녁을 먹고 산보에 나섰다. 집을 나서서 아파트 단지를 빠져 나가면 산책 코스는 이내 두 갈래로 나누어진다. 왼쪽 길은 큰 호수로 통하고, 오른쪽 길은 작은 개울을 지나 숲길로 통한다. 오늘은 오른쪽 길을 택했다. 올해는 유난히 장마가 길었다. 몇십 년 만의 유래 없는 장마라 했다. 장마전선이 한반도에 떡하니 걸터앉아 오르락내리락 하루에도 몇 번이나 변덕이 죽 끓듯 하다가 싫증난 듯 한밤중에 무심히 떠나버리자, 바로 더위가 찾아왔다. 이 숲길은 한여름 더위에 하루 종일 시달리다 저녁에 잠깐 더위를 피하기 위해 다니던 길이었다.

장마 끝 무렵 경쾌한 소리를 내며 흐르는 개울을 지나 오솔길로 들어섰다. 더위는 여전히 가시지 않았지만 흐르는 물소리와 바람에 흔들리는 나뭇가지 소리는 더위에 무뎌졌던 감각을 되살려 주었다. 초록빛이 선명했던 나뭇잎은 점차 빛을 잃어가는 듯했고, 나무 사이로 이따금씩 불어오던 더운 바람은 가을 기운에 열기를 잃어가는 듯했다. 사방에 땅거미가 깔리자 여름 내내 들리지 않던 풀벌레 소리도 수풀 속에서 들려왔다. 풀벌레가 이렇게 많았던가? 문득 며칠 전만 해도 고막을 찌를 듯 했던 매미 소리가 떠오른다. 매미에게 존재의 의미를 상실했던 온갖 풀벌레가 이처럼 힘차고 정겨운 소리를 내는 것을 들으니, 나도 모르는 사이에 가을이 성큼 다가왔다는 생각이 든다.

옛날 사람들도 풀벌레 소리를 듣고 가을이 왔다고 생각했을까? 사실 갑골문에서 '가을'을 의미하는 글자는 '풀벌레' 모양을 형상화한 글자였다. 풀벌레는 '가을'의 상징이었던 것이다. 당나라 시인들 역시 풀벌레를 가을을 노래하는 소재로 삼기도 했다.

〈갑골문 '가을'〉

뚝뚝 물시계 소리 밤은 얼마나 긴지!   丁丁漏水夜何長,

유유히 흐르는 구름 사이로 달빛 새어나오네.   漫漫輕雲露月光.

가을은 풀벌레 밤 새 울게 하니   秋逼暗蟲通夕響,

"겨울옷 아직 부치지 못했으니 서리 내리지 마소서!" 征衣未寄莫飛霜.

          – 장중소張仲素의 〈가을밤의 노래[秋夜曲]〉 중에서

   가을에 밤새도록 우는 풀벌레 소리는, 시인詩人에 의해서 수자리 나간 남편을 떠올리게 하는 매개가 되었다. 시인은 계절의 작은 변화를 민감하게 찾아내었고, 이런 작디작은 것에 자신의 외로운 마음과 그리운 감정을 풀어낸 것이다. 하찮은 풀벌레지만 우리 감정을 얼마나 풍부하게 해주는가? 풍부한 감정이 풍요로운 삶에 미치는 영향도 적지 않으리라.

   이제 한적한 자연으로 나가보자. 길에 아무렇게 난 잡초, 수풀 속 이름 모르는 벌레, 개울가에 핀 야생화가 나를 맞아줄 것이다. 그리고 내 오감五感의 문을 모두 열어 두고서 조용히 대자연의 변화를 느껴보자. 천 년 전 당나라 시인이 느꼈던 감정이 바로 내 마음과 같을 것이다.

의왕 백운마을에서

권민균 씀

제2장 가을의 정취와 낭만

제3장 변방의 가을

제4장 역사와 인간

제1장

가을,
외로움과
그리움

01. 비 내리는 밤에 북으로 편지를 부치다
夜雨寄北

🍁 이상은 李商隱

언제 돌아오냐는 딩신의 물음에 대답도 못했는데
파산에 밤비 내려 가을 연못 물만 불어 오르네.
언젠가는 서쪽 창가에 함께 앉아 등불 심지 잘라가며
파산의 밤비 내리는 오늘 일을 이야기할 수 있겠지.

君問歸期未有期, 巴山夜雨漲秋池.
何當共剪西窓燭, 卻話巴山夜雨時.

언제 돌아오냐고 당신이 묻지만 돌아갈 기약 없어 안타까운데,
내 마음 하늘이 알았나?
때아닌 가을비 한 밤중에 퍼부어 연못이 넘칠 듯하다.
언젠가는 창가에 놓은 등불 심지 잘라가며,
밤비 내리는 파산에서 애끓는 내 심정을 밤 새 이야기할 수 있겠지.

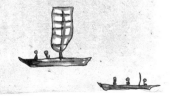

🍂 감상

《만수당인절구萬首唐人絕句》에 이 시는 '야우기내夜雨寄內'라는 제목으로 되어 있다. 위 제목과는 '내內' 한 글자가 다르다. '북北'이 '북쪽'이란 의미라면 이 '내'는 바로 시인의 '아내'다. 이상은은 851년에 지금의 사천성에 있는 동천절도사東川節度使 유중영柳仲郢의 재주막부梓州幕府로 부임했는데, 이 해에 아내 왕씨가 병으로 사망한다. 이 시는 이상은이 남쪽 임지에 부임하고 나서 몇 개월 후 아내가 사망했다는 소식을 듣기 전에 북쪽에 있는 부인에게 쓴 시다.

이 시는 문답형식으로 시작된다. 장안에 있는 아내가 언제쯤 돌아오냐고 묻지만 타향 생활을 하는 작자는 돌아갈 기일을 말해줄 수 없다. 아내와의 문답 내용을 담담하게 쓴 시인은 자신의 처지와 심경을 이야기할 듯하지만 그렇게 하지 않았다. 오히려 밤비와 찰랑이는 연못 등 가을의 소슬한 분위기를 서술하여 독자의 상상력을 자극하고 시를 새로운 경지로 인도한다.

전체 시에 시인의 심경이 서술된 곳은 없다. 아내와 문답한 사실과 밤비가 내리는 파산의 외경을 서술하였고, 미래에 아내와 만나 하고픈 일을 담담하게 서술했을 뿐이다. 그러나 독자는 행간에서 고향과 아내를 그리워하는 시인의 절절한 마음을 읽어낼 수 있다. 이러한 점이 바로 이 시의 독창적인 면모라 할 수 있다.

🍁 작자 소개

이상은李商隱(약813-약858)은, 자字는 의산義山, 호號는 옥계생玉溪生 또는 번남생樊南生이다. 형양滎陽(지금의 정주 형양시)에서 태어났다. 두목杜牧과 함께 '소이두小李杜'로 또는 온정균溫庭筠과 함께 '온이溫李'로 칭하였으며, 이하李賀·이백李白과 함께 '삼이三李'로 칭하기도 한다.

이상은은 만당晚唐 시인으로서 시의 구상이 독특하고 풍격이 유려하다. 특히 그의 애정시는 애절하여 매우 감동적이다.

문종文宗 개성開成 2년(837)에 진사에 급제하여 비서성 교서랑·홍농위 등을 역임했지만 이른바 '우이당쟁牛李黨爭*'에 휘말려 정치에서 배제되었으며, 평생 뜻을 펴지 못했다.

〈이상은〉

---

* **우이당쟁**: 우승유牛僧孺와 이덕유李德裕의 부친 이길보李吉甫의 개인적 원한에서 시작된 정치 다툼이다. 이 다툼은 808년 제책制策에 응시한 우승유와 이종민李宗閔의 정권 비판적 답안에서 비롯되어 점차 과거 출신 관료와 귀족 출신 관료 간의 당파 다툼으로 발전했다. 우승유·이종민이 우당을 이끌었고, 이덕유가 이당을 이끌었다. 821년 진사과 과거의 부정시비로 정점에 달한 이 당쟁은 약 40여 년간 지속되다가 846년, 무종이 사망하면서 막을 내렸다.

02. 밤에 풍교에 배를 대다
楓橋夜泊

🍁 장계張繼

달 지고 까마귀 울어댈 제 천지엔 서리만 가득한데
짙게 물든 단풍과 고깃배 등불,
시름에 잠 못 드는 나를 맞이하네.
고소성 밖 한산사에선
깊은 밤 종소리 나그네 배에 들려오네.

月落烏啼霜滿天, 江楓漁火對愁眠.
姑蘇城外寒山寺, 夜半鐘聲到客船.

달빛 없고 까마귀 울음소리만 간간히 들려오는 스산한 가을밤,
아무것도 보이지 않는 데다 차디찬 서리마저 천지에 가득하여
풍교 근처 포구에 정박했다.
깜깜한 포구, 한 밤중에 잠을 청하는데
어느새 풍교 곁에 무성한 나무와
멀리 고깃배 몽롱한 불빛이 눈에 들어온다.
시름에 겨워 얕은 잠 들었을까?
한 밤중에 무거운 종소리가
저 멀리 고소성 밖 한산사에서 아득히 들려온다.

🌿 감상

　어느 가을, 달 저문 야밤에 뱃길로 소주성 밖 풍교에 도착한 시인이 배에서 잠을 청하였다. 이 시는 깊은 밤에 배에 누워 잠을 청하면서 시인이 느낀 여러 가지 감각적 경험을 써 내려간 짧은 시다.

　시의 첫 구에서는 '저문 달[月落]', '새 울음소리[烏啼]', '가득한 서리[霜滿天]'를 이용해 한 밤중 포구의 정경을 묘사하였다. 밤중 인적이 끊긴 포구에 달마저 지고나면 온 천지가 어둠속에 잠긴다. 이때가 되면 청각과 촉각에 의지할 수밖에 없다. 자연히 청각을 자극하는 새 울음소리가 쓸쓸하고 으스스하게 느껴지고 이어 차디찬 강가의 습기에 몸을 떨게 된다.

　청각과 촉각에만 의지해 세상을 느끼던 시인의 눈이 어느새 어둠에 익숙해지고 조금씩 주변 사물이 눈에 들어오기 시작한다. 강변에는 어슴프레 나무가 우거져 있고, 저 멀리 고깃배 희미한 불빛이 아른거린다. 시인은 1구에서 청각과 촉각, 2구에서 시각으로 만물을 인식하게 함으로써 독자로 하여금 천지자연으로부터 시인에게로 점차 집중하게 만들며, 작은 배에 몸을 맡기고 밤을 보내려는 시 속 화자의 모습을 상상하게 만든다. 그러나 이것도 잠시, 시인에 집중된 독자의 시선은 이내 종소리를 따라 고소성 밖 한산사로 전환되고, 먼 여정에 지친 시인도 고즈넉한 종소리를 들으며 얕은 잠에 빠져든다.

　한산사는 풍교에서 서쪽으로 400여 미터 거리에 있다. 양대梁

代에 지어졌고 당초唐初에 시승 한산寒山이 이곳에서 지냈다고 해서 '한산사'라는 이름이 생겼다고 한다. 한산사의 역사문화적인 의미가 더해져 시의 의미가 더욱 풍부해졌다. 한산사에서 한 밤중에 들려오는 종소리는 마치 역사의 메아리와 같고 거기에 종교의 색채까지 입혀졌다. 고아하고 장중한 느낌을 독자에게 전달해 준다.

❊ 작자 소개

장계張繼(?-?)는 자字가 의손懿孫으로 호북 양주襄州(지금의 양양襄陽) 출신이다. 생몰년과 평생의 사적이 알려지지 않았다. 기록에 따르면 현종玄宗 천보天寶 12년(753)에 진사가 되었고, 대력大曆 연간에 검교사부 원외랑으로서 홍주洪州 염철판관이 되었다고 한다.

장계의 시는 맑으면서 감정이 충만하다. 문구를 지나치게 꾸미지 않고 사리事理가 매우 분명하다. 떠돌아다니다 50세도 못되어 사망한 것이 매우 아쉽다.

03. 어느 가을날 그리움

秋思

🍁 장적張籍

낙양성에 불어오는 가을바람 맞고서
고향집에 편지하려 붓 들어도 생각만 복잡하네.
급히 쓰느라 하고픈 말 다하지 못했을까 걱정에
막 출발하려는 사람 잡아두고 다시 한 번 열어보네.

洛陽城裏見秋風, 欲作家書意萬重.
復恐匆匆說不盡, 行人臨發又開封.

고향을 떠나 낙양에 도착하자 계절은 어느새 가을이 되었다.

낙양성 거리에서 서늘한 가을바람을 만나자

그제야 문득 주변 경관이 눈에 들어왔다.

고향을 떠난 나그네에게 계절의 변화는 매우 민감하다.

어느새 시들어버린 화초는 자신의 쓸쓸한 처지와 결합하여

고향에 대한 그리운 마음을 불러 일으켰다.

망설임 없이 종이와 붓을 앞에 놓고 앉았으나

어떤 내용을 써야할 지 몰라 답답하다.

편지를 완성하여 봉하기는 했으나

하고 싶은 말을 다하지 못했을까 걱정이다.

전령이 편지를 가지고 고향으로 떠난다기에 다시 편지를 확인하고픈

마음에 봉한 편지를 개봉하여 내용을 두 번 세 번 확인해 본다.

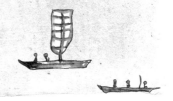

🍂 감상

　성당盛唐의 절구絶句는 대부분 감정을 경물[＊]에 투사하여 정서와 경물을 잘 결합시켰다. 이른바 '정경교융情景交融'이다. 그러나 서사 소재가 다양하지 못했다. 중당中唐에 이르면 서사 소재가 조금씩 다양해진다. 일상생활이나 사소하게 여겨졌던 경물이 절구에서 종종 소재로 쓰이게 되고 풍격 또한 성당시기의 웅혼함과 화려함 그리고 넘쳐흐르는 듯한 기상에서 탈피하여 실제 현실을 그리게 된다. 장적의 이 시는 이러한 중당시기 절구의 풍격을 잘 보여준다. 일상생활에서 쉽게 접하는 편지를 소재로 타향에서 고향을 그리워하는 객의 심경을 잘 표현했다.

　선선한 바람이 불어오자 가을이 왔음을 깨닫는 동시에 자신이 타향에 거처하는 처량한 객客이란 사실을 새삼 깨닫게 된다. 가을이 왔음을 담담하게 서술하였지만, 마음속에서는 고향을 그리워하는 감정이 참을 수 없이 요동친다. 시인은 이런 참을 수 없는 감정을 '편지'로 해소하려 하였다. 이 시는 매우 담담하게 사실만을 서술하고 있지만 그 속에서는 편지를 쓰고픈 시인의 주체할 수 없는 감정과 어떤 내용부터 써야할지 몰라 주저하는 답답한 감정이 서로 교차하고 있다.

＊ **경물**: 계절을 느낄 수 있는 경치를 말한다.

❖ 작자 소개

장적張籍(약766-약830)은 자字가 문창文昌으로 화주和州 오강烏江(지금의 화현和縣 오강진烏江鎮) 출신이다. 한유韓愈의 제자이며, 악부시樂府詩*로는 왕건王建과 쌍벽을 이룬다 하여 '장왕악부張王樂府'라 칭하기도 한다.

796년 맹교孟郊가 화주를 방문했을 때 장적을 처음 만났고, 2년 후 장적이 북쪽으로 유학할 때 맹교의 소개로 변주汴州에서 한유를 만나 배웠다고 한다. 장적은 한유의 추천으로 799년에 장안에서 진사에 급제하였고, 806년에 태상시太常寺 태축太祝에 보임된 이후 백거이를 만나 교유하여 서로에게 영향을 주기도 했다. 나중에 한유의 추천으로 국자박사, 수부원외랑, 주객낭중, 국자사업 등을 역임했다. 《장사업집張司業集》을 남겼다.

---

* **악부시**: 한나라 때 음악을 관장하던 악부라는 관청에서 각 지방의 민가를 채집하고 정리한 노래의 가사를 말한다. '시의 가르침[詩敎]'을 통해 정치적 안정을 추구하는 데 그 목적이 있었다.

04. 양주관에서 여러 판관과
밤에 모여 회포를 풀다
凉州館中與諸判官夜集

🍁 잠삼岑參

휘영청 달 솟아올라 성 위에 떠오르고
성곽 위로 떠오른 달 양주를 밝게 비추네.
양주 칠리 십만호 대도시엔
호인 대부분 비파를 탈 줄 안다네.
비파 연주 한 곡에 애간장 끊어지는데
가을바람 소슬히 불어오고 밤이 깊어가네.
하서 막부의 친한 벗들이여
헤어지고 서너 해만에 다시 만났네.
화문루 앞 가을꽃은 시들어가지만
가난하게 늙어가는 모습을 어찌 그대들에게 보이겠는가?
평생 크게 웃을 일 앞으로 몇 번이나 있으리오.
말술 사이에 두고 취해 고꾸라져도 좋겠지.

彎彎月出掛城頭, 城頭月出照凉州. 凉州七里十萬家, 胡人半解彈琵琶.
琵琶一曲腸堪斷, 風蕭蕭兮夜漫漫. 河西幕中多故人, 故人別來三五春.
花門樓前見秋草, 豈能貧賤相看老. 一生大笑能幾回, 斗酒相逢須醉倒.

저녁이 되어 달 떠오르자

양주성 성곽의 웅장한 모습이 더욱 뚜렷이 보인다.

양주는 변방에 위치하지만 7리 사이에 10만호가 모여 사는 대도시로서,

서역으로부터

호인胡人 악기가 가장 먼저 수입되어 유행하는 생기발랄한 곳이다.

여러 벗이 마련해준 송별자리에 외국 음악인 비파곡이 연주되자

연회에 모인 벗들 이내 숙연해지고,

어딘가에서 불어오는 가을바람도 쓸쓸하게 느껴진다.

어느덧 연회를 연 밤이 깊어만 간다.

여기에 모인 벗들 얼마만에 모인 것인가?

누구는 3년, 누구는 4년, 누구는 5년 만에 만난 소중한 벗이다.

이들은 그 동안 변방 어딘가에서 공을 세우기 위해 무던히도 애썼겠지?

화문루 앞에 시들어가는 가을 꽃 보이지만,

그대들은 시든 채로 늙지 마시오.

나 떠나면 그 곳에서 반드시 공을 세울테니.

벗들 앞에서 떠나는 소회를 밝혀 본다.

이제 헤어지면 웃고 떠들면서 회포를 풀 날이 또 올까?

말술 마셔 취해 넘어질 때까지 크게 웃으면서 술 마시리라.

🍂 감상

천보天寶 10년(751), 고선지高仙芝가 하서절도사에 부임했을 때, 잠삼은 양주에 있으면서 많은 벗을 사귀었다. 천보 12년(753) 가서한哥舒翰이 하서절도사로 부임했을 때, 부하로 따라온 고적高適·엄무嚴武 등도 잠삼과 잘 아는 사이였다. 천보 13년(754)에, 잠삼이 북정北庭에 부임하게 되어 잠깐 양주에 들렀을 때 많은 벗이 와서 그를 전송하며 주연을 베풀었다. 이 시는 이 때 지은 시다.

이 시는 모두 12구로 구성되어 있다. 앞 6구는 시인인 잠삼이 벗들과 송별의 연회를 연 양주의 달밤을 묘사하였다. 송별 연회가 벌어진 밤에 달이 둥그러니 떠올라 연회장을 비추는데 연회장에 모인 여러 벗은 호인胡人의 서글픈 비파 연주에 감동하였다. 연주를 들으며 곧 떠나는 잠삼과의 이별을 실감했을 것이다. 뒤 6구에서는 이별에 앞서 벗들에게 보내는 시인의 담담한 진술이 서술되어 있다. 특히 제9구와 제10구는 시 전체의 주제를 잘 보여준다. 꽃이 가을에 시드는 것이 이렇게 빠른 것처럼, 사람도 가을꽃처럼 빨리 늙어 갈텐데 늙어 쓸모없어지기 전에 공을 세워 끝내 쇠락하지 말아야 한다는 말이다. 자신의 다짐이자 자리에 모인 벗들이 모두 가지고 있는 마음일 것이다.

🍁 작자 소개

잠삼岑參(약715-770)은 형주荊州 강릉江陵(지금의 호북 강릉시) 출신으로, 당 태종 때 활약했던 공신 잠문본岑文本의 후손이다. 잠삼은 어릴 적 가난했으나 형을 따라 공부하면서 사적史籍을 두루 읽었다. 현종 천보 3년(744)에 진사가 되어 솔부병조참군率府兵曹參軍이 되었다. 이후 두 차례 종군하였는데, 안서절도사 고선지 막부에서 서기書記를 지내기도 했고, 천보 말년에 봉상청封常淸이 안서북정절도사가 되었을 때 그의 막부에서 판관을 지내기도 했다. 대종代宗 때에 가주자사嘉州刺史(지금의 사천성 낙산樂山)를 지냈으므로 '잠가주岑嘉州'라 불리기도 했다. 770년에 성도成都에서 사망했다.

잠삼은 시에 조예가 깊었고 약 360수의 시를 남겼다. 대개 변방의 풍경, 군대 생활, 이족異族의 풍속 등을 친밀한 감정을 담아 묘사했다. 그 풍격이 고적高適과 비슷하여 후세 사람들이 '고잠高岑'으로 나란히 칭했다. 《잠삼집》 10권을 남겼으나 현존하지 않고, 현재 《잠가주집岑嘉州集》 7권이 세상에 전한다.

05. 궁정의 가을 저녁

秋夕

🍁 두목杜牧

은촛대에 서린 가을빛 차갑게 병풍을 비추는데
수놓은 비단부채로 날아드는 반딧불이 공연히 내쫓네.
밤새 궁궐 계단 물처럼 싸늘한데
하릴없이 누워 견우직녀성 바라보네.

銀燭秋光冷畫屛, 輕羅小扇撲流螢.
天階夜色凉如水, 臥看牽牛織女星.

냉랭한 은촛대에서 발한 빛이 흐릿하게 병풍을 비추는데,
외로운 궁녀는 수놓은 비단부채로 날아드는 반딧불이만
공연히 내쫓으며 쓸쓸한 가을 밤을 보낸다.
얼마나 지났을까?
차가운 이슬 내려 궁녀가 앉은 섬돌이 싸늘한데,
이 궁녀는 어떤 생각을 하고 있을까?
고개 들어 하릴없이 견우성과 직녀성만 바라본다.

🍃 감상

　이 시는 실의에 빠진 궁녀의 쓸쓸하고 처량한 심경을 그린 시다. 이 시는 매우 함축적이라서 의미 파악이 쉽지 않지만 시작詩作에 쓰인 소재에서 단서를 찾을 수 있다. 바로 '반딧불이'와 '부채'다.

　옛 사람들은 썩은 풀에서 반딧불이가 태어난다고 생각했다. 설사 비과학적인 정보지만 사실 반딧불이는 늘 풀이 무성한 무덤과 같은 스산하고 서늘한 곳에 산다. 궁녀가 사는 궁정에 이리저리 날아다니는 반딧불이에서 이 궁녀의 처량한 처지를 살펴볼 수 있다.

〈궁궐의 여인[仕女圖]〉

　부채는 여름에 쓰는 물건이다. 가을이 되면 쓸모가 없어진다. 그래서 옛 시인은 이 부채를 종종 버림받은 부인을 비유할 때 썼다. 그러므로 이 부채는 실의에 빠진 궁녀가 조만간 버려질 운명에 놓여 있다는 사실을 암시하는 장치다.

　밤이 깊어 황궁의 돌계단도 물처럼 차가워졌지만 궁녀는 고개를 들어 견우성, 직녀성을 하염없이 바라본다. 견우·직녀의 이야기가 그녀의 마음을 흔들었을까? 실의에 빠진 외로운 궁녀에게 견우·직녀

고사는 바로 희망의 끈일 것이다. 시어 가운데 서정적 표현은 하나도 없지만 궁녀의 '슬픔'과 '희망'이라는 정서가 글 밖에 복잡하게 얽혀있다.

🍁 작자 소개

두목杜牧(803-약852)은 자字가 목지牧之이다. 만년에 장안 남쪽 번천樊川에서 기거했기 때문에 '두번천杜樊川'이라고도 불린다. 경전과 역사서에 두로 통하였으며, 특히 왕조의 치란과 군사軍事 연구에 전념했다.

두목의 시는 7언절구로 유명하고, 내용은 역사사실을 통해 개인의 서정을 읊은 영사시詠史詩가 주를 이룬다. 시는 재기발랄하고 호방하였으며 만당의 쇠운을 만회하려는 마음을 시로 담아내어 만당시기에 성취가 높은 시인 중의 한 명이다.

당시 사람들이 두보杜甫를 '대두大杜', 두목을 '소두小杜'라고 불렀으니 그의 시가 두보의 시풍과 비슷하다는 것을 알 수 있다. '대이두大李杜'라 불린 이백·두보에 견주어서 이상은李商隱과 함께 '소이두小李杜'라고 불렸다. 문집으로 《번천문집樊川文集》을 남겼다.

06. 왕징군의 〈상중유회〉 시에 화답하다
同王徵君湘中有懷

🍁 장위張謂

팔월 동정호에 가을이 들고
소강 상강은 북으로 흐른다.
꿈이었나? 만리 고향집 향해 강 따라 돌아가는데
새벽에 잠 깨어보니 다시 처량한 나그네 신세.
책 펼쳐도 집중할 수 없으니
이럴 땐 차라리 주점에서 술잔 기울여야지.
이 무렵 낙양 거리엔 친구들이 많을텐데
언제쯤이면 다시 어울려 놀 수 있을까?

八月洞庭秋, 瀟湘水北流. 還家萬里夢, 爲客五更愁.
不用開書帙, 偏宜上酒樓. 故人京洛滿, 何日復同遊.

가을바람 선선해 동정호에 나가 보았더니,

청명한 가을 날씨에 시야도 멀리까지 트였네.

평소엔 뚜렷이 보이지 않던 소강·상강 줄기가

오늘따라 또렷이 보인다.

북으로 뻗은 소강·상강, 저 강줄기는 고향까지 흘러가겠지.

문득 떠나온 고향이 떠오른다.

몸은 갈 수 없는 처량한 나그네 처지지만 마음만은 어디든 갈 수 있는 법이다.

꿈속에선 이미 만리 밖 고향으로 출발했다. 설레고 즐겁다.

그러나 차가운 바람에 잠을 깨었더니 역시 꿈이었다.

하루 종일 일이 손에 잡히지 않고 책도 머리에 들어오지 않는다.

이럴 땐 차라리 주점에 가서 술잔을 기울이는 게 낫다.

그러나 친구 없는 내가 누구와 술을 마시겠는가?

이 무렵 낙양 거리엔 친구들이 술 마시며 즐겁게 놀러 다닐 텐데.

이 친구들과 언제 어울려 놀 수 있을까?

아쉬움에 그 날을 손꼽아 헤아려보네.

🍂 감상

　장위의 시는 고심하거나 애를 태우지 않고 담담히 이야기하는 듯 편안하면서 감정이 진지하고 간절하다.

　이 시는 가을철 호남 지역에 있던 시인이 고향 낙양을 그리워하면서 지은 시다. 제1구와 제2구는 동정호洞庭湖에서 북으로 흐르는 소강瀟江과 상강湘江을 바라보며 담담히 자연 경물을 서술했다. 자신이 위치한 동정호로부터 흘러나가는 소강·상강이 고향이 있는 북쪽으로 흘러가므로 그 이면의 감정적 내함은 말하지 않아도 알 수 있다.

　꿈이라면 못갈 곳이 있겠는가? 작은 배에 몸을 싣고 설레는 마음으로 고향으로 돌아가는데, 어두운 새벽에 깨어나 꿈이었음을 깨달은 시인의 마음은 어땠을까? 제3구와 제4구에서 시인의 정서가 급하게 반전된다. 이 시의 묘미는 바로 여기에 있다. 꿈이었지만 밤 새 뒤척이며 감정의 기복을 겪은 시인이 아무리 아침이 되었다 해도 마음이 안정되겠는가?

　장위의 시는 평이함 속에서도 깊은 맛이 있고, 소박함 속에서도 고상한 멋이 있다.

✿ 작자 소개

　장위張謂(?-?)는 자字가 정언正言이며 하내河內(지금의 하남성 심양沁陽) 출신이다. 천보天寶 2년(743)에 진사가 되었다. 이후 상서랑尙書郞, 담주자사潭州刺史, 예부시랑禮部侍郞을 역임했다. 시의 풍격이 청정淸正하고 의미가 깊다. 연회에서 송별하면서 지은 시가 많다. 대표작으로 〈조매早梅〉, 〈소릉작邵陵作〉, 〈송배시어귀상도送裴侍御歸上都〉가 있는데 〈조매〉가 가장 유명하다.

가지마다 백옥 같은 꽃망울 터뜨린 매화 한그루	一樹寒梅白玉條,
마을 길 멀리 시냇가 다리 옆에 피었네.	迴臨林村傍溪橋.
시냇물 가까워 꽃 먼저 핀 줄 모르고	不知近水花先發,
봄이 와도 녹지 않은 눈인가 의심했네.	疑是經春雪未銷.

－ 〈조매〉

07. 중양절에 남전의 최씨 장원에서

九日藍田崔氏莊

🍁 두보杜甫

늙고 슬픈 가을에 스스로 위로하다가

흥취가 일어난 오늘 그대들과 맘껏 기뻐하리.

단발에 또 모자 날릴까 부끄러워

웃으며 옆 사람에게 바로잡아주길 청하네.

남계藍溪 멀리 수많은 시내에서 흘러오고

남전산은 높이 두 봉우리 마주보며 차네.

내년 이 모임에는 누가 건재할까?

취해 수유가지 잡고 자세히 살피네.

老去悲秋强自寬, 興來今日盡君歡. 羞將短髮還吹帽, 笑倩旁人爲正冠.
藍水遠從千澗落, 玉山[1]高竝兩峰寒. 明年此會知誰健? 醉把茱萸仔細看.

1. **옥산**: 지금의 섬서성陝西省 남전현藍田縣에 있는 남전산藍田山이다.

올해 또 가을을 맞아 나이 한 살 더 먹었네.

늙어가는 슬픔 억누를 길 없는데 또 중양절이네.

흥이 생겨 최씨 집에서 벗들과 한껏 마시고 즐기네.

가을바람에 모자가 떨어져 짧은 머리카락 드러날까봐,

웃으며 옆 사람에게 바로잡아 줄 것을 청하네.

남전산에서 흘러온 수많은 시내는 남계로 모이고,

남전산의 두 봉우리는 찬 기운 가운데 우뚝 솟아있네.

취기 오른 가운데 장수를 상징하는 수유꽃을 보고 묻네.

"내년 이 모임에 또 몇이나 모일는지?"

🌿 감상

'모자가 날림[吹帽]'은 '맹가낙모孟嘉落帽' 고사를 말한다. 맹가는 동진東晉시대 명사이며, 대장군 환온桓溫의 참군參軍으로 총애를 받았다. 9월 9일에 형주의 모든 막료가 용산에 모여 주연을 즐길 때, 갑자기 바람이 불어 맹가의 모자가 떨어졌다. 맹가는 모사가 떨어진 줄도 몰랐다. 맹가가 잠시 화장실에 갔을 때, 환온은 손성孫盛에게 글을 지어 모자와 같이 두게 하고는 맹가를 놀리게 했다. 자리로 돌아온 맹가는 글을 보고는 즉시 화답하는 글을 지었다. 당시 자리에 있던 사람들이 모두 그 신속함과 글의 내용에 탄복했다는 내용이 《진서晉書》〈환온열전桓溫列傳〉에 나온다. 재주 있는 생각이 민첩하며 기상이 씩씩하고 소탈한 명사의 풍모를 말한다.

《주역》에서는 육六을 음수로 구九를 양수로 보았으며, 구월 구일은 양수가 겹치므로 중양절重陽節이라고 불렀다. 이것은 양을 중시하는 동양의 특징을 보여준다. 옛사람들은 이날 모여 높은 곳에 올라 가을 경치를 감상하고 수유가지를 머리에 꽂고 국화주를 마셨다. 두보도 이날 벗들과 모여 술을 마시고 시를 지으며 건강과 안녕을 빌어준다. 억지로라도 웃으며 즐기나 진晉의 명사로 풍류를 즐겼던 맹가孟嘉와 달리 자신은 성긴 머리카락으로 모자가 떨어지지나 않을까 노심초사한다. 하지만 두보는 늙어 쓸쓸한 가을에 승복하지 않고 호방하고 장엄한 남수와 옥산의 묘사를 통해 자신의 정신을 고취시킨다.

"멀리 천 개의 시냇물에서 낙하하여 흐르는 남수藍水는 얼마나 그 기세가 원대하며, 차갑게 높이 솟은 두 봉우리 버티고 선 옥산은 얼마나 웅장한가!"

하지만 이런 멀고 높은 기상도 이내 사라지고 만다. 7·8구에서 두보는 술에 취해 수유가지를 자세히 쳐다보면서 묻는다.

"내년 이 모임에 몇 명이나 살아있고, 몇 명이나 지금처럼 건강하게 술을 마실 수 있을까?"

❀ 작자 소개

두보杜甫(712-770)는, 자字는 자미子美, 호號는 소릉야노少陵野老이고, '두공부杜工部', '두소릉杜少陵' 등으로 불렸다. 하남河南 공현鞏縣(지금의 하남성河南省 공의시鞏義市) 출신이다. 국가의 위기와 백성의 고통을 토로한 현실주의 시인으로 '시성詩聖'으로 칭송받았고, 그의 시는 '시사詩史(시로 표현된 역사)'로 일컬어졌다. 이백李白과 함께 '이두李杜'로 불린다. 약 1,400여 수의 시가 전하는데, 그의 사상의 핵심은 인정仁政 사상으로 "임금을 요·순으로 만들고, 또 풍속을 순박하게 만드는[致君堯舜上, 再使風俗淳]"것이라 할 수 있다.

08. 가을밤의 노래
秋夜曲

🍁 장중소張仲素

뚝뚝 물시계 소리 밤은 얼마나 긴지!

유유히 흐르는 구름사이로 달빛 새어나오네.

가을은 풀벌레 밤 새 울게 하니

"겨울옷 아직 부치지 못했으니 서리 내리지 마소서!"

丁丁漏水夜何長, 漫漫輕雲露月光.

秋逼暗蟲通夕響, 征衣未寄莫飛霜.

물시계에서 뚝뚝 물방울 떨어지는 가운데,
가을밤은 어찌 이다지도 긴지!
끝없는 구름사이로 담담한 달빛 비치고,
갈수록 짙어지는 가을한기에 풀벌레는 밤 새 운다.
이 때 부인은 문득 생각나서 혼잣말한다.

"수戍 자리 나간 간 남편에게 겨울옷 아직 부치지 못했으니,
  하늘이여! 부디 찬 서리 내리지 마소서."

🍂 감상

가을은 풍요이면서 결핍을 상징한다. 들판의 곡식들은 풍요 그 자체지만, 곡식은 모든 영양소가 알갱이로 모여 이루어진 정화精華이므로 다른 부분의 결핍으로 인해 생긴 풍요라고 할 수 있다. 무언가의 결핍은 그리움으로 이어진다.

장중소는 남편을 그리워하는 부인의 심정을 잘 묘사한 것으로 유명하다. 늦가을 부인은 수자리 나간 남편 생각에 잠에 들지 못한다. 그래서 물시계에서 떨어지는 물방울소리도 하나하나 세어보고, 떠가는 구름 사이로 비치는 달빛도 보며, 날로 차지는 밤공기로 인해 밤새도록 우는 풀벌레 소리도 듣는다. 밤새도록 우는 까닭은 그만큼 남편에 대한 그리움이 절실해서이리라.

시인은 절실한 그리움을 부각시키기 위해 세 구절을 점층시켜 나간다. 마지막 구절은 부인이 남편에게 겨울옷이 도착하기 전에는 서리를 내리지 말게 해달라고 하늘에 기원한다. 천진난만한 부인의 마음은 남편을 걱정하는 깊은 정이기도 하다. 따라서 천진과 깊은 정은 통한다고 할 수 있다.

🍁 작자 소개

장중소張仲素(약769-약819)는 부리符離(지금의 안휘성 숙주宿州) 사람이다. 정원貞元 14년(798)에 진사과에 합격했다. 박학굉사과博學宏詞科에 합격하여 무녕군종사武寧軍從事가 되었으며, 헌종憲宗 원화元和 연간(806-820)에는 사훈원외랑司勳員外郞을 맡았다. 또 예부낭중禮部郞中으로 한림학사를 담당하고 중서사인이 되었다. 악부시樂府詩에 뛰어났으며, 남편을 그리워하는 부인의 심정을 세밀한 묘사와 은근한 형상으로 잘 표현했다는 평을 듣는다. 대표작으로는 〈춘규사春閨思〉와 〈추야곡秋夜曲〉이 있다.

〈도련도搗練圖〉

09. 가을날 장안으로 가면서 동관역루에 짓다

秋日赴闕題潼關驛樓

🍁 허혼許渾

붉은 단풍잎 저녁에 쏴쏴 바람에 나부끼는데

장정에서 한 잔 술 마시네.

구름은 태화산으로 힘없이 돌아가고

저녁 비는 중조산을 잠시 지나가네.

나무들은 아득히 산을 따라 검푸르고

강물은 멀리 바다를 향해 고요해지네.

장안성 내일이면 도착하는데

여전히 어부와 초부의 꿈을 꾸네.

紅葉晩蕭蕭, 長亭[1]酒一瓢. 殘雲歸太華, 疏雨過中條.

樹色隨山迥, 河聲入海遙. 帝鄕明日到, 猶自夢漁樵.

1. **장정**: 옛날 도로에 10리마다 장정을 설치했으므로 십리장정十里長亭이라고 불렸다. 주된 기능은 여행객들에게 휴식을 제공하는 것이었으나 성城에 가까운 장정은 늘 송별의 장소이기도 했다.

늦가을 저녁 바람 불어와 낙엽은 쏴쏴 소리를 내는 이 때,
나는 장정에 앉아 술을 마신다.
하늘의 구름은 남쪽으로 화산을 향해 천천히 떠가고
간간이 떨어지는 빗방울은 바람 부는 대로
강 건너 북쪽 중조산에 흩어 뿌린다.
산세는 천리에 이어지고 푸르른 나무색은
관산을 따라 멀리까지 뻗어있고,
도도한 황하는 쉼없이 흘러 멀리 바다로 흘러간다.
내일이면 나는 장안에 도착하지만,
여전히 물고기 잡고 나무하는 한적한 생활을 꿈꾸네.

🍂 감상

여행길의 쓸쓸한 감정과 가을에 느끼는 정취를 정밀한 대구의 운용을 통해 표현했다. 1·2구의 경물에는 시인의 슬프고 처량한 감정이 그대로 전해진다. 3·4구는 걷히는 구름과 잠시 내리는 비를 통해 정물에 동적인 느낌을 부여한다. 5·6구는 높은 곳에 서서 관산을 따라 붉은 산 빛이 끝없이 이어지는 풍경은 시각으로, 황하가 발해로 흘러가는 모습은 청각으로 표현했다. 7·8구에서는 시인의 장안여행이 명리를 추구해서 가는 것이 아님을 밝히고 있다.

동관潼關은 본래 섬서, 산서, 하남성이 겹치는 요충지로 낙양에서 장안으로 가려면 반드시 거쳐야 하는 곳이다. 거기다가 북쪽에서 흘러온 황하가 동관 밖에서 급히 오른쪽으로 꺾여 발해

동관潼關 지도

로 흘러가고, 오악五嶽 중 하나인 화산과 중조산이 황하를 사이에 두고 버티고 있어 험한 산세에 빼어난 경치로 시인묵객들의 발길을 묶어둔 곳이다. 거기다 만산홍엽의 가을이니 수심은 깊어지게 마련이다.

허혼의 시에는 개인의 처지와 한적한 생활을 묘사한 시 구절이 많다. 이런 분위기 가운데 특히 '수水'자나 '우雨'자를 반복해서 사용하여 "허혼의 천 수의 시가 습하다[千首濕]"는 평을 받긴 하지만, 여기에 시의 묘미가 있다. 늦가을 가랑비에 젖은 붉은 낙엽은 가을의 본질에 한 걸음 더 다가간 표현이다.

🍁 작자 소개

허혼許渾(약791−약858)은 만당시기에 가장 영향력 있는 시인 중 한 사람으로, 윤주潤州 단양丹陽(지금의 강소성 단양) 사람이다. 평생 율시律詩*만 지었다고 전해진다. 옛 일을 회고하거나 전원을 제재로 하는 시를 많이 지었는데, 특히 높은 곳에 올라 옛일을 회고하는 시를 잘 지었으며, 대구가 엄격하고 시율에 능숙한 특징을 가지고 있다. 만년에는 윤주潤州 정묘촌丁卯村에서 한적하게 노년을 보내면서 《정묘집丁卯集》을 지었다.

* **율시**: 8개의 구절과 4개의 운으로 된 근체시의 한 형식이다. 1구의 자수에 따라 5언율시와 7언율시의 구별이 있다. 다른 근체시인 절구보다 대구나 성운, 글자 수 등의 형식이 까다롭다. 율시는 위진남북조시대부터 발달하여 당대에 이르러 그 모습을 갖추었으며 보통 두보를 율시의 최고봉이라 일컫는다.

10. 가을 저녁에 구 원외에게 부치다

秋夜寄邱員外

🍁 위응물韋應物

그대 생각하는 이 가을 밤
이리저리 걸으며 서늘한 날씨에 읊조리네.
빈산에 솔방울 떨어지는 그곳에서
그대도 잠 못 들겠지.

懷君屬秋夜, 散步詠涼天.
空山松子落, 幽人應未眠.

그대 생각하는 지금은 쓸쓸한 가을이라
나 홀로 걸으며 서늘한 가을을 노래한다.
그대도 빈산에 솔방울 떨어지는 소리 들으며
내 생각에 잠 못 이루겠지.

🍂 감상

이 시는 가을 저녁 벗에 대한 그리움을 노래한 시다. 담박하면서도 쉬운 언어로 간결하게 표현하였지만, 그리움의 감정은 여운을 남기고 이어진다. 1·2구는 시인 자신에 대해 노래한 것으로 사실에 근거한 것이지만, 3·4구는 구단邱丹에 대한 그리움을 표현한 것으로 상상에 근거했다.

5언절구는 편폭이 짧아 되도록 특징을 잡아서 묘사해야 한다. 따라서 여운을 남기는 시법이 발전할 수밖에 없다. 이 시에서 시인은 자신과 구단이 있는 곳의 특징을 잡아 여운의 미를 만들어냈다. 그런데 이 여운은 마치 연못의 수면 위에 파장이 이는 것처럼 끝없이 감정의 파장을 만들어낸다. 위응물을 5언절구의 명인으로 칭찬하는 이유다.

이슬 맺히니 오동나무 잎 울고	露滴梧葉鳴,
가을바람 부니 계수나무 꽃 피어나네.	秋風桂花發.
그 속에 신선을 배우는 벗 있어	中有學仙侶,
퉁소 불고 산에 떠오른 달을 희롱하네.	吹簫弄山月.

　　　― 구단邱丹의 〈위사군의 '추야기구원외'시에
　　　화답하여 보내다[和韋使君秋夜見寄]〉 중에서

✤ 작자 소개

위응물韋應物(737-792)은 장안(지금의 섬서성陝西省 서안西安) 사람이다. 명문가 출신으로 천보天寶 10년(751)부터 천보 말년까지 삼위랑三衛郎의 관직을 맡았다. 안사의 난 이후에 현종이 촉 땅으로 피신하자 관직을 잃고 독서에 뜻을 두었다. 대력大曆 13년(778), 악현령鄂縣令을 시작으로 소주자사蘇州刺史까지 두루 거친다. 그래서 위소주韋蘇州라고도 한다.

시풍은 평안하고 고요하면서 고원高遠하다는 평을 듣는다. 경치와 은일생활에 대한 묘사에 뛰어나서 후대에 왕유王維, 맹호연孟浩然, 유종원柳宗元과 함께 산수전원시파 시인으로 일컬어진다. 5언고시에 뛰어나 '오언장성五言長城'이라 일컬어진다. 5언고시는 도연명을 주로 배웠으나 산수 경치 묘사의 측면에서는 사령운謝靈運과 사조謝朓의 영향을 받았다. 백거이白居易는 〈원구에게 보내는 편지[與元九書]〉에서 위응물을 독서를 좋아하는 장서가藏書家로 칭찬했다.

11. 달밤에 아우를 생각하다
月夜憶舍弟

🍁 두보杜甫

수루成樓[1] 북 소리에 인적은 끊어지고
변방의 가을에 외로운 기러기 소리.
이슬은 오늘밤부터 하얗게 맺히기 시작하고
달은 고향에서 보던 것처럼 밝구나.
아우 있어도 다 뿔뿔이 흩어지고
집이 없어 생사를 물을 수 없네.
편지를 부쳐도 늘 닿지 못했는데
하물며 전란이 아직 그치지 않고 있음에랴.

戍鼓斷人行, 邊秋一雁聲. 露從今夜白, 月是故鄉明.
有弟皆分散, 無家問死生. 寄書長不達, 況乃未休兵.

1. **수루**: 성 밖의 동태를 살피기 위해 성벽 위에 세운 누각이다.

수루의 밤을 알리는 북소리에 사람들의 왕래가 끊어지고,

변방의 가을 하늘에는 한 마리 외로운 기러기가 울고 있다.

오늘밤부터 백로 절기로 접어드는데,

달도 고향에서 보던 것처럼 밝다.

아우가 있어도 모두 뿔뿔이 흩어졌고,

집이 없어 생사를 알아볼 수도 없다.

낙양의 집으로 부치는 편지도 늘 전달되지 못했는데,

전란이 그치지 않는 지금 같은 때에는

더 말할 것도 없겠지.

❧ 감상

　건원乾元 2년(759) 가을 진주秦州에서 지은 시다. 이 해 9월 사
사명史思明이 범양范陽에서 남하하여 변주汴州를 공략하고 낙양
으로 진군하면서 산동과 하남이 전란에 휘말렸다. 이 때 두보의
아우들이 이 일대에 흩어져 있었다. 걱정과 그리움이 교차했을
것이다.

　중국 고전시가에서 친족과 벗에 대한 그리움은 자주 등장하
는 주제다. 그렇기 때문에 평범한 작품이 되지 않게 하려면 구상
과 표현기법에 독창성이 있어야 한다. 두보가 대가로서의 모습을
드러내는 것이 바로 이러한 측면이다.

　이 시의 중심 이미지는 달밤이다. 밝은 달은 고향, 친족에 대
한 그리움을 촉발시키는 매개체다. 고향에서 보던 달의 형상은
제4구에서 등장하는데 달의 등장을 위해 두보는 제1구에서 제3
구까지 기억에 남아 있는 가장 밝은 고향의 달 이미지를 부각시
키기 위한 배경을 마련해 놓는다. 전란 때문에 그렇지 않아도 왕
래하는 사람이 적은 상황에서 밤을 알리는 북소리는 거리를 더
적막하게 만든다. 땅 위의 모습만 그러한 것이 아니라 하늘에서
도 외로운 기러기의 울음소리만 들릴 뿐이다. 게다가 땅 위에 내
린 이슬은 적막함과 쓸쓸함을 더함과 동시에 달빛의 시각적 효
과도 더해준다. 이렇게 해서 도달한 고향의 달 이미지는 자연스
럽게 달빛 아래에서 함께 지내던 사람들에게로 이어진다. 소식
을 전혀 알 수 없는 상황에서 그들에 대한 근심과 그리움은 극

에 달한다. 두보는 이렇게 우리를 시의 세계 속으로 차근차근 이끌고 들어간다.

〈수루戍樓〉

12. 비파행
琵琶行

🍁 백거이白居易

　원화元和 10년(815)에 나는 구강군九江郡 사마司馬(강주사마江州司馬)로 좌천되었다. 다음해 가을, 분강湓江 포구에서 손님을 전송하는데 배에서 한밤중에 비파 타는 소리를 들으니 그 소리가 쟁쟁하여 수도[京都]의 음색이 있었다. 그 사람에 대해 물어 보니, 본래 장안의 창기로 일찍이 목씨穆氏와 조씨曹氏 두 선생에게 비파를 배웠는데, 나이가 들어 아름다움이 덜해지자 몸을 의탁하여 장사꾼의 아내가 되었다고 하였다. 술을 가져오라 하고 흥겹게 여러 곡을 연주하게 하였다. 곡이 끝나자 자신의 젊은 시절 즐거웠던 일과, 몰락하여 강호를 떠도는 지금의 신세를 서글프게 말하였다. 나는 외직으로 나온 2년 동안 평온하게 지내며 스스로 만족하였는데, 이 사람의 말에 느낀 바가 있어 이날 밤에야 비로소 좌천되었다는 생각이 들었다. 이 때문에 장구長句의 노래를 지어 그에게 주었다. 모두 616 자이고 제목을 〈비파행〉이라 하였다.

元和十年, 予左遷九江郡司馬. 明年秋, 送客湓浦口, 聞舟中夜彈琵琶者, 聽其音, 錚錚然有京都聲. 問其人, 本長安倡女, 嘗學琵琶於穆·曹二善才, 年長色衰, 委身爲賈人婦. 遂命酒, 使快彈數曲. 曲罷憫然, 自敍少小時歡樂事, 今漂淪憔悴, 轉徙於江湖間. 予出官二年, 恬然自安, 感斯人言, 是夕始覺有遷謫意. 因爲長句歌以贈之, 凡六百一十六言, 命曰〈琵琶行〉.

심양강 어귀에서 밤에 객을 전송하는데
단풍잎과 갈대꽃 위로 가을바람 솔솔 불어오네.
주인과 객이 말에서 내려 배에 올랐는데
술잔 들어 마시려 하나 음악이 없구나.
취하여도 즐겁지 않고 슬프게 헤어지려 하는데
이별의 때에 아득한 강에는 달이 잠겨있네.
문득 물 위로 비파소리 들려오니
주인은 돌아가는 것 잊고 객도 출발하지 않네.
소리 나는 쪽으로 연주하는 이가 누구인가 물어보니
비파 소리 멈추고 머뭇거리며 말이 없네.
배를 옮겨 가까이 대고 만나보길 청하고
술 더 가져오고 등도 다시 밝혀 술자리 재차 연다.
천번 만번 부르자 비로소 나오는데
비파를 안은 채 얼굴을 반쯤 가렸네.
축軸을 돌리고 현을 튕겨 두어 번 소리 내니
곡조를 타기도 전에 감정이 먼저 인다.
줄마다 슬픔 감추고 소리마다 그리움 담아
평생 뜻대로 되지 않은 일 하소연하는 듯하고
고개 숙이고 손가는 대로 이어서 연주하며
마음속 수많은 지난 일 다 말하네.

가볍게 누르고 천천히 쓰다듬다 튕기고 다시 뜯으니

처음에는 〈예상우의곡霓裳羽衣曲〉¹이요 다음에는 〈육요六幺〉²라네.

굵은 줄 큰 소리 울리니 소나기 내리는 것 같고

가는 줄 작은 소리 속삭이는 듯하네.

큰 소리와 작은 소리 섞어서 울리니

큰 구슬과 작은 구슬 옥쟁반에 떨어지는 듯하네.

꾀꼴꾀꼴 새 울음소리 꽃 아래서 매끄럽게 흐르다가

졸졸 흐르는 샘물이 얼음 아래 어렵게 나아가는 듯하더니

얼음물이 차갑게 얼어붙듯 현이 엉겨 소리 끊어지니

엉기고 끊겨 통하지 않자 소리 잠시 그쳤다네.

따로 품은 시름과 깊은 한이 슬며시 생겨나니

이때의 소리 없음은 소리 있는 것보다 낫다네.

은병이 갑자기 깨져 담긴 물 사방으로 튀는 듯

철갑 기병이 돌진하여 칼과 창 부딪치는 듯

곡이 끝나자 발撥³을 잡고 한가운데 그으니

네 줄이 한 번에 내는 소리 비단을 찢는 것 같네.

동쪽 배와 서쪽 배에서는 조용히 말이 없고

오직 보이는 것이라고는 강물 속 밝은 가을 달뿐

나직이 읊조리며 발撥을 놓아 줄 가운데 꽂고

---

1. 〈예상우의곡〉: 당나라의 악곡 이름이다. 본래 서량西涼에서 전해진 것을 현종 玄宗이 가사를 짓고 윤색하여 이름을 붙였다고 한다.
2. 〈육요〉: 성당 시기의 가무곡 이름으로 〈녹요綠腰〉 또는 〈녹요錄要〉라고도 한다.
3. 발: 현악기의 줄을 켜는 활이다.

옷깃을 여미고 일어나 매무새를 가다듬는다.

스스로 말하기를 본래 장안長安의 여자로

하마릉蝦蟆陵 아래에서 살았답니다.

열세 살에 비파를 배워 터득하고

교방敎坊의 제일부第一部에 이름이 올랐답니다.

한 곡조 끝나면 선생들을 탄복시켰고

단장하고 나서면 추랑秋娘들의 질투를 받았지요.

오릉五陵의 젊은이들 다투어 비단 보내오는데

한 곡조에 붉은 비단 셀 수 없었답니다.

나전 은 빗치개 장단 맞추다가 부서지고

핏빛 비단 치마는 술을 엎질러 얼룩졌지요.

올해도 즐겁게 웃고 또 내년도

가을 달과 봄바람 속에 한가로이 보냈답니다.

아우는 전쟁터에 나가고 어머니는 돌아가시고

저녁 가고 아침 오는 가운데 얼굴빛도 시들었지요.

문 앞은 쓸쓸해져 말 타고 오는 이도 드물어졌고

나이 들어 시집가 장사꾼의 아내가 되었답니다.

장사꾼은 이익을 중시하고 이별은 가벼이 여겨

지난달 부량浮梁으로 차 사러 갔답니다.

강어귀를 오가며 빈 배 지키는데

배를 둘러싼 달빛은 밝고 강물은 차가웠지요.

밤 깊어 홀연 젊었을 적 일을 꿈꾸니

꿈에서도 울어 화장한 얼굴 붉게 번졌답니다.

나는 비파소리 듣고 이미 탄식하였건만
또 이 말 듣고 거듭 탄식하오.
그대와 나 마찬가지로 하늘 끝에 떠도는 신세니
서로 만남에 꼭 알던 사람이어야 할까?
나는 지난해에 장안을 떠나
귀양살이하며 심양성에 누워 시름겨워하는데
심양 땅 궁벽하여 음악 없으니
해가 다가도록 음악 소리 듣지 못하였소.
사는 곳이 분강滿江 가까워 땅이 낮고 습하니
누런 갈대와 참대가 집을 둘러 자라는데
그 사이에 아침저녁으로 무슨 소리 들을까?
두견새 피 울음과 원숭이 슬픈 울음이지.
봄 강의 꽃 피는 아침과 가을 달 뜬 밤에
종종 술을 가져다가 홀로 기울었소.
산에서 부르는 나뭇꾼의 노래 소리와
시골의 피리 소리 어찌 없을까마는
단조롭고 조잡하여 시끄러워 들어주기 어려웠소.
오늘밤 그대의 비파소리 들으니
신선의 음악 들은 듯 귀가 잠시 밝아졌으니
사양치 말고 다시 앉아 한 곡조 더 연주해주면
그대 위해 글로 옮겨 〈비파행〉 지으리다.
나의 이 말에 감동하여 한참을 서 있다가
앉아 줄을 조이니 비파소리는 더욱 급해지네.

처량한 소리 조금 전보다 더 간절하니
좌중 사람들 다시 듣고 모두 얼굴 가리며 우는데
그 중에 누가 가장 많은 눈물 흘렸는가?
강주사마 푸른 적삼 흠뻑 젖었다네.

潯陽江頭夜送客, 楓葉荻花秋瑟瑟. 主人下馬客在船, 擧酒欲飮無管弦.
醉不成歡慘將別, 別時茫茫江浸月. 忽聞水上琵琶聲, 主人忘歸客不發.
尋聲暗問彈者誰, 琵琶聲停欲語遲. 移船相近邀相見, 添酒回燈重開宴.
千呼萬喚始出來, 猶抱琵琶半遮面. 轉軸撥弦三兩聲, 未成曲調先有情.
弦弦掩抑聲聲思, 似訴平生不得志. 低眉信手續續彈, 說盡心中無限事.
輕攏慢撚抹復挑, 初爲霓裳後六么. 大弦嘈嘈如急雨, 小弦切切如私語.
嘈嘈切切錯雜彈, 大珠小珠落玉盤. 間關鶯語花底滑, 幽咽泉流冰下難.
冰泉冷澀弦凝絶, 凝絶不通聲暫歇. 別有幽愁暗恨生, 此時無聲勝有聲.
銀瓶乍破水漿迸, 鐵騎突出刀槍鳴. 曲終收撥當心畫, 四弦一聲如裂帛.
東船西舫悄無言, 唯見江心秋月白. 沉吟放撥插弦中, 整頓衣裳起斂容.
自言本是京城女, 家在蝦蟆陵下住. 十三學得琵琶成, 名屬敎坊第一部.
曲罷曾敎善才服, 妝成每被秋娘妒. 五陵年少爭纏頭, 一曲紅綃不知數.
鈿頭銀篦擊節碎, 血色羅裙翻酒汙. 今年歡笑復明年, 秋月春風等閑度.
弟走從軍阿姨死, 暮去朝來顔色故. 門前冷落鞍馬稀, 老大嫁作商人婦.
商人重利輕別離, 前月浮梁買茶去. 去來江口守空船, 繞船月明江水寒.
夜深忽夢少年事, 夢啼妝淚紅闌干. 我聞琵琶已歎息, 又聞此語重唧唧.
同是天涯淪落人, 相逢何必曾相識. 我從去年辭帝京, 謫居臥病潯陽城.
潯陽地僻無音樂, 終歲不聞絲竹聲. 住近湓江地低濕, 黃蘆苦竹繞宅生.
其間旦暮聞何物, 杜鵑啼血猿哀鳴. 春江花朝秋月夜, 往往取酒還獨傾.
豈無山歌與村笛, 嘔啞嘲哳難爲聽. 今夜聞君琵琶語, 如聽仙樂耳暫明.
莫辭更坐彈一曲, 爲君翻作琵琶行. 感我此言良久立, 卻坐促弦弦轉急.
凄凄不似向前聲, 滿座重聞皆掩泣. 座中泣下誰最多, 江州司馬靑衫濕.

🌿 감상

백거이는 많은 시를 남겼지만 그에게 명성을 가져다준 대표적인 시를 꼽으라고 한다면 〈장한가長恨歌〉와 〈비파행琵琶行〉을 들수 있다. 서경敍景과 서정抒情이 중심인 당시唐詩에 "서사敍事"라고하는 독특한 분야를 일구어낸 백거이의 두 대표작은 중국문학사에서도 특별한 의미를 지닌다.

〈비파행〉은 크게 네 부분으로 구성된다. 첫 부분은 강가에서 객을 보내는 것과 비파 소리를 듣는 것으로 이루어졌다. 인물과 사건, 시간, 장소가 제시된다. 두 번째 부분은 비파녀와 그녀가 연주하는 비파곡에 대한 묘사로 이루어졌다. 뛰어난 연주 솜씨와 악곡이 불러일으키는 다양한 감정을 묘사했다. 세 번째 부분은 비파녀 자신의 신세에 대한 서술이다. 화려한 젊은 시절과 퇴락한 현재를 대조적으로 묘사함으로써 귀족사회에서 악기樂妓와 예인藝人이 겪는 비참한 생애를 드러냈다. 네 번째 부분은 시인 자신의 감개를 서술했다. 비파녀에 대한 동병상련을 통해서 자신의 신세를 드러낸다.

비록 616자의 시이지만 장편의 소설이나 영화 못지않은 서사를 지니고 깊은 감동을 준다. 〈비파행〉이 깊은 감동을 주는 까닭은 시인 자신의 직접적인 경험이 바탕을 이루고 있기 때문이다.

이 시를 짓기 1년 전인 815년 백거이는 강주로 유배 가는 길에 〈밤에 노래하는 이의 노래를 듣다[夜聞歌者]〉라는 시를 썼다. 무창武昌 앵무주鸚鵡洲에 정박했을 때, 〈비파행〉과 마찬가지로 우연히 노래 소리를 듣고 노래한 사람을 만나서 들은 이야기를 소재로 한 것이다.

구강으로 유배 가는 중 밤에

앵무주에서 배에서 숙박하는데 夜泊鸚鵡洲,

가을 강물과 달은 맑고 밝았다. 秋江月澄澈.

이웃한 배에서 노래를 부르는 이가 있었는데 隣船有歌者,

곡조가 감당하기에는 너무나 슬펐다. 發調堪愁絕.

노래가 끝나고도 계속 흐느껴 우는데 歌罷繼以泣,

울음소리가 흐느끼다가 목이 메었다. 泣聲通復咽.

소리를 좇아 그 사람 만나보니 尋聲見其人,

여인의 얼굴 흰 눈같이 고왔다. 有婦顏如雪.

홀로 돛대에 기대선 모습 獨倚帆檣立,

아리따운 열일곱 열여덟의 여인, 娉婷十七八.

밤에 떨구는 눈물 진주와 같고 夜泪如眞珠,

두 줄기 눈물에 밝은 달이 떨어진다. 雙雙墜明月.

누구네 집 부인이냐고 물었다, 借問誰家婦,

그리고 노래와 울음이 어찌 그리 처절하냐고. 歌泣何淒切.

한 번 물음에 한 번 옷깃을 적실 뿐 一問一沾襟,

고개 숙이고 끝내 말을 하지 않았다. 低眉終不說.

- 〈밤에 노래하는 이의 노래를 듣다【악주에서 묵다】
[夜聞歌者【宿鄂州】]〉 중에서

　백거이白居易(772-846)는, 자字는 낙천樂天, 호號는 향산거사香山居士·취음선생醉吟先生이다. 대대로 태곡太谷에 살다가 증조부 때 하규下邽로 이주했고 하남河南 신정新鄭에서 태어났다. 현실주의 시인으로 원진元稹과 함께 신악부운동新樂府運動*을 창도했다. 관직은 한림학사翰林學士, 좌찬선대부左贊善大夫에 이르렀다.

　시가의 소재와 형식이 다양하고 표현은 평이하고 통속적이다. '시마詩魔' 또는 '시왕詩王'이라 불렸다. 《백씨장경집白氏長慶集》이 세상에 전하고, 대표적인 시 작품으로는 〈장한가長恨歌〉, 〈매탄옹賣炭翁〉, 〈비파행琵琶行〉 등이 있다.

---

* **신악부운동**: 중국 중당中唐 시기에 일어난 옛 악부의 정신과 수법을 빌어 사회의 모순을 고발하자는 시 창작 운동이다. 문학의 사회적 작용을 중시하고, 문학을 위한 문학이 아니라 사회의 모순과 서민의 고통을 표현하고 위정자의 잘못을 풍자함으로써 현실의 변화를 일으킬 수 있는 문학이어야 한다고 주장하였다. 신악부운동을 주도한 사람으로는 백거이, 원진元稹, 장적張籍 등이 있다. 내용뿐 아니라 시어의 사용에서도 구어체에 가까운 평이한 표현을 썼다.

〈도곡증사陶穀贈詞〉

13. 높은 곳에 오르다
登高

🍁 두보 杜甫

거센 바람 부는 하늘 높이 원숭이 울음소리 구슬프게 퍼지고
물 맑고 모래 흰 섬에 새 빙글빙글 돌며 나네.
끝없이 펼쳐진 숲에 우수수 나뭇잎 떨어지고
아득히 흘러가는 장강의 강물은 넘실거리네.
만 리 밖 슬픈 가을에 또 나그네 되어
늘그막에 병든 몸으로 홀로 누대에 오르네.
온갖 고난과 원한에 흰머리만 늘었고
노쇠하여 요사이 탁주잔도 멈추었네.

風急天高猿嘯哀, 渚淸沙白鳥飛回. 無邊落木蕭蕭下, 不盡長江滾滾來.
萬里悲秋常作客, 百年多病獨登臺. 艱難苦恨繁霜鬢, 潦倒新停濁酒杯.

거센 바람 부는 하늘 높이 슬픈 듯한 원숭이 울음 퍼지고
물 맑고 모래 흰 섬 위로는 새가 빙글빙글 돌며 나네.
끝없이 펼쳐진 숲에 바람이 불자 나뭇잎이 우수수 떨어지고
아득히 끝없이 흘러가는 장강의 강물은 넘실거리네.
고향 떠나 멀리 만 리 밖 슬픈 가을에 여전히 떠돌이 나그네 되어
늙어 병든 몸을 이끌고 홀로 누대에 오른다.
온갖 고난과 원한에 흰머리만 늘었고
노쇠하여 요사이 그 좋아하던 탁주 마시는 것도 그만두었네.

🍂 감상

  이 시는 대력大曆 2년(767) 두보가 기주夔州에 머물 때 지은 시다. 기주는 원숭이가 많고 바람이 많이 불기로 유명한데 제1구에서 압축적으로 묘사하고 있다. 구성은 전형적인데 앞부분 네 구절은 높은 누대에 올라 바라본 풍경에 대한 묘사고, 뒷부분 네 구절은 시인의 마음 속 생각과 감상을 풀어내었다. 이론가들은 두보의 〈악양루에 오르다[登岳陽樓]〉를 비롯하여 많은 시들이 취하고 있는 이러한 구성을 두고 '돈좌頓挫'라고 불렀다. 앞부분에서는 미려하고 상쾌한 풍경을 묘사하다가 뒷부분에서는 분위기가 일변하여 우수에 가득 찬 감정의 상태로 들어간다. 돈좌는 시뿐 아니라 다른 장르의 예술에서도 쓰이는 용어로서 갑작스러운 변화를 지칭한다. 중국 예술에서 작품 내부의 역동성을 부각시키는 기법이다.

  두보 시가 두드러지는 지점은 풍경으로부터 감정으로의 갑작스러운 변화를 아주 자연스럽게 넘어가도록 한다는 데 있다. 전형적인 가을 풍경으로부터 만년에 나그네 생활을 하며 느끼는 감정으로 넘어가는 데 있어서 조금의 인위적 자취도 남기지 않고 감상자가 자연스럽게 따라가도록 해준다.

옛날부터 들어온 동정호　　　　　　　　　昔聞洞庭水,

이제야 악양루에 올라보노라.　　　　　　　今上岳陽樓.

오나라 초나라 땅은 동남으로 갈라졌고　　　吳楚東南坼,

하늘과 땅은 밤낮으로 물 위에 떠있다.　　　乾坤日夜浮.

친척과 벗에게는 편지 한 장 없고　　　　　親朋無一字,

늙고 병든 몸 배 한 척에 의지하네.　　　　老病有孤舟.

관산 북쪽은 전쟁이 끊임없으니　　　　　　戎馬關山北,

난간에 기대어 눈물을 흘리노라.　　　　　憑軒涕泗流.

– 〈악양루에 오르다[登岳陽樓]〉중에서

〈추경산수도秋景山水圖〉

제1장 가을, 외로움과 그리움　71

14. 가을 밤의 노래
秋夜曲

🍁 왕유 王維

달이 막 띠오르고 기을 이슬 희미한데
가벼운 비단옷은 이미 얇아졌지만
가을옷으로 갈아입지 못했네.
밤 깊도록 하염없이 은쟁을 뜯는 것은
빈방이 겁나 차마 돌아가지 못하기 때문이지.

桂魄初生秋露微, 輕羅已薄未更衣.
銀箏夜久殷勤弄, 心怯空房不忍歸.

계수나무가 있다는 달이 은은한 빛을 발하며 떠오르는 초저녁에
급격한 기온의 변화로 가을 이슬이 내렸는데
추위를 느낄 겨를도 없어 낮부터 걸치고 있던
가볍고 얇은 옷을 다른 옷으로 갈아입지 못했네.
길고 긴 밤 오래도록 은쟁을 하염없이 품고 앉아 희롱하는 것은
독수공방이 두려워 차마 들어가 잠들지 못하기 때문이네.

🍂 감상

〈산수인물도山水人物圖〉

이 시의 앞 두 구절은 초가을의 풍경을, 뒤 두 구절은 주인공의 감정을 완곡하고 섬세하게 묘사했다. 시 속에 등장하는 여주인공은 계절의 변화를 함께 느끼고 향유할 사람이 없는 고독한 삶을 살고 있다. 그런 주인공이 밤 깊도록 음악에 탐닉하는 것은 음악을 좋아해서가 아니라 그 음악에 감정을 맡겨두기 때문이다. 어떤 감정일까? 멀리 떠나 있는 님을 그리워하는 감정이다. 여름이 지나고 가을로 넘어가는 계절의 변화는 누군가를 그리워하게 만드는가 보다.

🍁 작자 소개

　왕유王維(701-761)는 하동河東 포주蒲州(지금의 산서성 운성運城) 사람이다. 뛰어난 시인이며 화가이고 자字는 마힐摩詰이다. 숙종 건원乾元 연간에 상서우승尚書右丞을 맡았기 때문에 '왕우승王右丞'이라고도 한다. 왕유는 참선參禪과 불교교리를 깨우치고 장자莊子를 배워 문학 속에 투영시켰다. 시詩, 서書, 화畵, 음악에 정통하였는데 특히 5언시에 뛰어났다. 산수전원에 대한 시를 많이 써서 맹호연孟浩然과 함께 '왕맹王孟'이라 불리며, '시불詩佛'의 호칭도 있다. 서화는 특히 신묘한 경지에 들어 남종산수화南宗山水畵의 시조로 추존된다. 송대의 대문호 소식은 그를 "마힐의 시를 음미하면 시 속에 그림이 있고, 마힐의 그림을 감상하면 그림 속에 시가 있다.[味摩詰之詩, 詩中有畵. 觀摩詰之畵, 畵中有詩]"고 칭송했다. 지금 400여 수의 시가 전한다.

15. 때 이른 추위에 강가에서 고향을 그리워하며

早寒江上有懷

🍁 맹호연 孟浩然

낙엽은 지고 기러기는 남쪽으로 날아가는데
북풍이 불어 강가 차갑구나.
내 고향은 양수襄水 굽이진 곳
아득히 구름 끝 초나라 땅에 있네.
고향 그리는 눈물 나그네 길에 다 말랐는데
외로운 돛단배만 하늘가에 보이네.
자욱한 안개 속 나루터를 찾아 묻고자 하나
바다 같은 강물 저물녘에 아득하기만 하네.

木落雁南度, 北風江上寒. 我家襄水曲, 遙隔楚雲端.
鄕淚客中盡, 孤帆天際看. 迷津欲有問, 平海夕漫漫.

나뭇잎은 떨어지고 기러기는 남쪽으로 날아가는데
북풍이 으스스하고 쓸쓸하게 불어 강가가 매우 차갑다.
내 고향은 물길이 굽이진 양수의 강가에 있으니
멀리 구름 너머 초나라 땅 아득한 곳이라네.
고향 그리워 흘리는 눈물은 나그네로 떠도는 길에 다 말라버렸고
고향으로 돌아가는 돛단배는 멀리 수평선 위로 가물거린다.
자욱한 안개 속에 나의 도를 실현할 나루터는 어디쯤에 있을까?
바다같이 넓은 아득한 강물이 석양 속에 출렁인다.

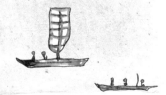

🍂 감상

이 시는 고향을 그리워하는 감정을 풀어낸 서정시다. 시 전체에 걸쳐 표현된 감정은 복잡한데, 시인이 전원생활을 선망하고 은둔에 뜻을 두는 한편 관직에 나아가 큰 포부를 실현하고자 했던 그의 심리를 반영한다.

낙엽 지고 기러기 돌아가는 가을에 북풍으로 때 이른 추위가 닥친다. 때 이른 추위는 저절로 고향 생각을 일으키지만 장안에서 고향 초 땅은 너무도 먼 곳에 있다. 고향이 그리워 흘린 눈물은 나그네로 떠돌면서 다 말라버렸을 정도로 그리움이 깊다. 집안 사람들도 그가 돌아오기를 고대하고 있지 않을까? 마지막 연의 나루터를 묻는 부분은 《논어論語》〈미자微子〉에 공자가 제자 자로를 시켜 나루터를 묻는 장면을 떠올리게 한다. 은둔을 추구하는 사람들과 적극적으로 뛰어들어 세상을 다스리려는 인물 사이의 대조가 선명하다. 맹호연의 내면도 이러하지 않았을까? 강물은 황혼녘에 아득하여 고향으로 돌아가기는 여전히 어렵기만 하다.

🍁 작자 소개

맹호연孟浩然(689-740)은, 본명은 호浩이고, 자字는 호연浩然이며, 양주襄州 양양襄陽(지금의 호북성 양양) 사람이다. 산수전원파山水田園派 시인으로 유명하다.

어려서 세상을 다스리는 데 뜻을 두어 학문에 전념하다가, 40세에 장안長安으로 가서 과거에 응시하지만 낙방하여 고향으로 돌아와 은둔생활을 하였다. 개원開元 25년(737)에 재상宰相 장구령張九齡의 부탁으로 잠시 그의 밑에서 일한 것 이외에는 관직에 오르지 못하고 불우한 일생을 지냈다.

맹호연의 시는 대부분 5언시이다. 산수전원과 은거의 흥취 및 오랜 기간 타향을 떠돌며 느낀 감회를 표현한 시를 많이 썼다. 특히 시는 독특한 예술적 경지에 이르러 왕유와 함께 '왕맹王孟'이라 불린다. 《맹호연집》 3권이 전한다.

16. 장안의 늦가을
長安晚秋

🍁 조하 趙嘏

구름의 차기운 기운 새벽녘에 흐르고
한나라 궁궐은 가을의 정취를 더욱 부추기네.
성근 별 떠있는 하늘을 가로질러 기러기가 변방에서 날아오고
길게 피리소리 뽑는 사람 누각에 기대어 있네.
울타리 곁에 반쯤 핀 붉은 국화 고요하게 자리 잡았고
붉은 빛 다 벗어버린 호수의 연꽃들 애처롭구나.
농어의 맛이 한창일 테지만 돌아가지 않고
공연히 남관을 쓰고 초나라 포로 흉내 내고 있네.

雲物凄凉拂曙流, 漢家宮闕動高秋. 殘星幾點雁橫塞, 長笛一聲人倚樓.
紫艶半開籬菊靜, 紅衣落盡渚蓮愁. 鱸魚正美不歸去, 空戴南冠¹學楚囚.

1. **남관**: 춘추시기 초楚나라의 관冠으로 포로를 지칭하는 말이다. 《춘추좌전春
   秋左傳》성공成公 9년에 "초나라의 종의鍾儀가 남관을 쓰고 포로로 잡혔다."
   는 고사에서 유래하였다.

가을 하늘이 밝을 무렵 구름은 차가운 기운 흘려내고
한나라 궁궐 주변의 풍경은 깊어가는 가을의 정취를 드러낸다.
새벽하늘에 희미하게 빛을 발하는 몇몇 별 사이로
변방에서 온 기러기 날고
이 때 누군가 저 멀리 누각에서 애처로운 피리소리 길게 뽑고 있네.
반쯤 핀 자색 국화는 울타리 곁에 고요하게 자리 잡았고
붉은 빛 다 사라져버린 호수의 연꽃은 애처로워 보인다.
고향의 농어회 맛은 절정일 테지만 돌아가지 않고
공연히 남쪽 초나라 관을 쓰고
초나라에 억류된 포로 흉내만 내고 있다.

🍂 감상

이 시는 시인의 눈과 귀를 통해 깊은 가을 새벽녘의 장안 풍경과 나그네의 향수를 묘사했다.

첫째 연은 장안의 전경을 조망한 것으로 '처량凄凉' 두 글자가 중심이다. 이 두 글자는 객관적 환경과 주관적 심경을 동시에 표현한다.

둘째 연은 시선을 위로 향하게 한다. 희미한 별은 시각, 길게 이어지는 피리소리는 청각을 통한 것이고 기러기가 날아오는 것은 동적이고 누대에 기대어 있는 것은 정적이다. 이렇게 대비되는 감각을 통해 내부의 리듬을 만들어낸다. 특히 "누대에 기대다"라는 표현은 조하의 대표적인 명구로 남아 '조의루趙依樓'라는 호칭을 선사했다.

셋째 연은 시선을 아래로 돌린다. 눈앞에 펼쳐진 광경은 또렷하다. 울타리 옆에 반쯤 핀 고운 자색의 국화는 그 자태가 고요하고, 여름 내내 붉고 선명했다가 시든 연꽃은 애처롭다. 모두가 시인의 감정을 사물에 맡겨 두었다.

이상 장안의 가을 경물은 자연스럽게 시인으로 하여금 고향을 떠올리게 한다. 그리고 고향으로 돌아가 은둔하려는 강렬한 욕구를 불러일으킨다. 나는 지금 장안에 남아서 무엇을 하고 있는가?

❀ 작자 소개

조하趙嘏(약806-약853)는, 자字는 승우承佑이고 초주楚州 산양山陽(지금의 강소성江蘇省 회안시淮安市 회안구淮安區) 사람이다. 헌종憲宗 원화元和 원년(806) 즈음 태어났고, 어렸을 때 여러 곳을 두루 돌아다녔다. 문종文宗 대화大和 7년(833)에 성시省試 진사과에 낙제하고, 여러 해 동안 장안에 머물면서 권세 있는 가문에 드나들며 공명을 구했다. 그 사이에 멀리 오령五嶺 남쪽으로 가서 몇 년 동안 막부에 있었던 것 같다. 그 후 강동江東으로 돌아와 윤주潤州(지금의 진강鎭江)에 거주했다. 무종武宗 회창會昌 4년(844)에 진사과에 급제하고, 이듬해에 동쪽으로 돌아갔다. 회창 연간 말 또는 선종宣宗 대중大中 연간 초에 다시 장안으로 가서 위남위渭南尉가 되었다. 대중 6-7년(852-853) 즈음 재임 중에 죽었다.

제2장

가을의
정취와
낭만

01. 산 속 가을 저녁

山居秋暝

텅 빈 산에 비 내리자
저녁 무렵 가을 기운이 완연하네.
둥그런 달빛 소나무 사이로 밝게 비치고
투명한 샘물 바위 위로 흘러가네.
대숲 소란하더니 빨래마친 여인 돌아가고
무성한 연꽃 흔들리더니 고기잡이배 지나가네.
순리대로 봄꽃은 다 떨어졌지만
왕손인 나도 머물만 하네.

空山新雨後, 天氣晚來秋. 明月松間照, 淸泉石上流.
竹喧歸浣女, 蓮動下漁舟. 隨意春芳歇, 王孫自可留.

아무도 발길을 들여 놓지 않는 듯한 깊고 고요한 산에

가을비 내리고 나자,

비를 내렸던 그 하늘이 이번엔 맑은 가을바람을 몰고 온다.

날 저물자 둥그러니 달이 뜨고, 밝은 달빛이 소나무 사이로 보이는데,

발아래 바위 사이로 흐르는 시냇물은 달빛을 받아 더욱 투명하다.

대숲 소란스럽더니 마침 빨래를 마치고 돌아가는 여인들 다정하고,

무성한 연잎 흔들리는 듯하더니 그 사이로 지나가는 고깃배 몹시 정겹다.

봄, 여름 산을 수놓았던 아름다운 꽃이 이제는 다 떨어졌지만,

맑은 경치와 정다운 정서가 있는 이곳은

왕손王孫인 나도 머물만 하네.

🍂 감상

이 산수시에서 시인은 고결한 정서와 이상적 경치에 대해 자신이 추구하는 경지를 노래했다. 첫 구인 "깊고 고요한 산[空山]에 가을비 내리자, 맑은 기운이 이윽고 가을바람 몰고 오네"에서, 현실에서부터 시인 자신이 추구하는 공간으로 독자를 인도하고 있다. '공산空山'이란 표현은 어떤가? '산'이 텅 비었다[空]는 말은 무엇을 말하는가? 깊고 인적이 드문 숲을 말한다. 대개 산은 풍성한 수목으로 인해 외부세계의 관찰을 쉽게 허락하지 않는다. 자연히 숲 속에 마을이 있어서 사람이 활동하고 있다 해도 밖에서는 숲 속에 사람이 있는지 알 수 없게 된다. 말 그대로 텅 빈 것처럼 보일 수밖에 없다. 이런 산의 속성은 속세와 적당한 거리를 유지하게 해 주어서, 도연명의 '도화원' 같은 유토피아를 상상할 수 있게 한다.

속세를 떠나 은거하고 싶은 시인의 마음은 빨래하는 아낙과 고기잡이 배를 보고서 더욱 심화된다. 과거에 합격했으나 좌고우면하지 않으면 좌천되거나 파면되는 정치무대는 이미 신물이 났다. 그러나 생활을 위해 관직을 버릴 수는 없는 일이다. 이런 상황에서 시인은 시골 아낙과 어부에게 감정을 의탁하면서 이면에서 이미 질려버린 관직생활에 대한 감정을 은근히 드러내었다. 이러한 시인 왕유의 정서는 같은 시대를 산 백거이白居易의 〈중은中隱〉 시에 잘 나타나 있다.

진정한 은자는 조정이나 저자에 살고	大隱住朝市,
보통 은자는 숲 속이나 울타리 속에 들어간다.	小隱入丘樊.
숲이나 울타리 속은 너무 쓸쓸하고	丘樊太冷落,
조정이나 저자는 너무 시끄럽다.	朝市太嚚誼.
차라리 중은을 택하여	不如作中隱,
한직에 은거하는 게 나으리라.	隱在留司官.

－〈중은中隱〉

왕유 역시 외직으로 돌다가 조정에 돌아와서는 한직閑職에 있으면서 따로 망천輞川에 별장을 지어놓고 은거했다. 진정한 '중은'을 실천했다 할 수 있다.

왕유는 자신의 이상적인 은신처, 즉 망천輞川 별장의 경치를 서술하면서 독자에게 촉각, 시각, 청각 등 다양한 감각을 이용해 시를 감상하게 한다. 따라서 시를 읽으면 한 폭의 그림을 보는 듯한 느낌을 가질 수 있다. 이것이 바로 소동파蘇東坡가 평한 '시 속에 그림이 있고, 그림 속에 시가 있다.[詩中有畵, 畵中有詩]'라고 하는 왕유 시의 독특한 경지이자, 왕유가 가을에 독자에게 주는 특별한 선물이다.

02. 산행

山行

🍁 두목杜牧

가을 산에 올라 바윗길로 구불구불 한참을 가니
흰 구름 피어올라 그윽한 곳에 인가가 있네.
수레 멈추게 하여 늦가을 단풍 완상하니
서리에 물든 붉은 잎, 봄꽃보다 붉게 물들었네.

遠上寒山石徑斜, 白雲深處有人家.
停車坐愛楓林晚, 霜葉紅於二月花.

가을 날씨가 청명하여 마음에 정해둔 산으로 단풍 구경을 나섰다.

산 길 초입부터 구불구불한 길이 한참 이어지더니 바윗길도 만났다.

바윗길을 어렴사리 지나 석문에 도착하니,

꽤 높은 산중임에도 흰 구름 속에 인가가 보인다.

가을 단풍이 가장 좋은 곳이 바로 이 곳!

수레를 멈추게 하여 여유롭게 단풍을 감상한다.

늦가을 서리 맞은 단풍잎이 이토록 선명한가?

아마 이 곳 단풍잎은 봄에 핀 붉은 꽃보다 더 붉으리라.

🍂 감상

이 시는 가을 산의 풍경을 묘사한 시다. '산행'이라는 시 제목처럼 산으로 진입하면서 만나는 여러 경물 즉, '구불구불한 산길', '흰 구름', '산 속 인가人家', '단풍잎' 등으로 가을 산을 매우 효과적으로 묘사했다. 다만 이러한 여러 경물을 시 속에서 동등하게 나열한 것은 아니다. 앞 3구의 경물은 제4구의 단풍잎을 더욱 돋보이게 하기 위한 장치이다. 그러므로 시인의 '산행'이 바로 단풍을 감상하기 위한 것임을 알 수 있다.

시인은 단풍을 감상하기 위해 가을 단풍이 특별히 좋다는 산을 찾았다. '구불구불한 산길', '흰 구름[白雲]'과 '인가人家'는 일상적인 표현이지만 이 경물을 높은 산 속에서 발견했다면 어떤가? 신선이 사는 별천지가 떠오른다. 시인은 독자를 세상과 단절된 공간, 즉 산속의 별천지로 인도하였다. 가을 산의 붉은 단풍도 좋지만, 별천지에 붉게 물든 선홍색 단풍은 어떠한가? 시인이 좋아하는 단풍에 신비감이 착색되어 독자의 미적 감각을 더욱 자극한다. 늦가을 단풍을 대하는 작자의 태도가 얼마나 진중한가?

〈추경산수도秋景山水圖〉

03. 가을의 노래
秋詞

🍁 유우석劉禹錫

옛날부터 가을은 쓸쓸한 계절이라 하지만
나는 봄보다 가을을 좋아한다네.
맑은 하늘에서 학이 구름 타고 날아올라
나의 시정詩情을 푸른 하늘로 인도한다네.

自古逢秋悲寂寥, 我言秋日勝春朝.
晴空一鶴排雲上, 便引詩情到碧霄.

예로부터 사람들은 가을을 쓸쓸하고 슬픈 계절로 묘사했다.
그런데 나는 보통 시인들이 좋아하는 봄보다 가을을 더 좋아한다.
저 푸른 창공에서 고상한 학 한마리가 구름타고 날아올라서,
나를 푸른 하늘로 인도한다면 내 정서는 더욱 풍부해 질 것이다.
가을은 시로 내 감정을 표현하기 딱 좋은 계절이다.

🍂 감상

이 시의 독창적 면모는 가을을 대하는 시인의 감정이 여느 시인과 다르다는 데 있다. 보통 시인이라면 가을을 쓸쓸한 계절로 그리지 않는가?

예로부터 시인들은 선비가 상심하고, 현실에 대해 실망하고, 앞날을 비관할 때 대개 가을을 끌어들인다. 그래서 가을은 시늘하면서 으스스하고, 조용하면서 적막하고, 차가우면서 냉담한 계절로 여겨졌다. 그러나 이 시를 쓴 시인은 가을을 비관적인 계절로 묘사하는 데 동의하지 않았다.

제1구와 제2구에서 시인은 가을에 대한 세상의 편견을 인정하면서 자신은 봄보다 가을을 좋아한다고 이야기한다. 왜 좋아하는지, 어떤 사정이 있는지 일일이 이유를 설명할 필요가 없다. 자신이 가을을 좋아하는 데 구구하게 설명할 필요를 느끼지 않았다. 다만 가을이 되면 감정이 풍부해지는 자신의 넘치는 감정을 한 폭의 동양화를 그리듯 선명하게 서술하였다. 때로 맑은 하늘에서 고고한 학 한마리가 구름 타고 날아올라 시인을 푸른 하늘로 인도한다면 이 얼마나 멋진 일인가? 얼마나 생기발랄한 가을인가?

🍁 작자 소개

유우석劉禹錫(772-842)은, 자字는 몽득夢得이며 하남 낙양 사람이다. 정원貞元 말기에 유종원柳宗元, 진간陳諫, 한엽韓曄, 왕숙문王叔文 등과 교제를 맺고 정치집단을 형성하였다. 유우석은 시와 문장에 모두 뛰어났으며 다루는 제재가 광범했다. 작품으로 〈누실명陋室銘〉, 〈죽지사竹枝詞〉, 〈양류지사楊柳枝詞〉, 〈오의항烏衣巷〉 등이 있으며, 〈천론天論〉 3편이 문장으로 유명하다.

〈군학서상도群鶴瑞祥圖〉

04. 선주의 사조루에서 교서랑 이운을 위해 전별식을 마련하다

宣州謝朓樓餞別校書叔雲

🍁 이백李白

나를 버리고 떠난 지난날은 머물게 할 수 없고

내 마음을 어지럽히는 오늘은 근심만 많네.

긴 바람 만리 밖에서 가을 기러기 보내오니

이 바람을 대하니 높은 누각에서 취하기 좋네.

그대의 문장은 건안풍골[1]을 띠었고

나의 시도 맑고 빼어나다네.

모두 우아한 흥취 품고 호기로운 마음 솟구치니

푸른 하늘에 올라 밝은 달 안고 싶네.

칼을 뽑아 물을 베어내어도 다시 흐르고

술잔 들어 근심 풀어도 더욱 근심스럽네.

인생사 마음대로 되는 일 없으니

내일 아침 머리 풀고 일엽편주나 타야지.

棄我去者, 昨日之日不可留. 亂我心者, 今日之日多煩憂. 長風萬里送秋雁, 對此可以酣高樓. 蓬萊文章建安骨, 中間小謝又清發. 俱懷逸興壯思飛, 欲上靑天覽明月. 抽刀斷水水更流, 舉杯銷愁愁更愁. 人生在世不稱意, 明朝散髮弄扁舟.

1. **건안풍골**建安風骨: 중국 후한 헌제獻帝 건안 연간(196~220) 때 조조曹操, 조비曹丕, 조식曹植 및 건안칠자建安七子의 문학에 나타난 기상과 특징을 말한다. 건안문학은 주로 전란으로 인한 백성들의 비참한 현실과 부조리를 고발하고 노래했다.

나를 버리고 떠난 수많은 어제는 이미 돌이킬 수 없고,
내 마음 어지럽히는 오늘은 번거롭고 근심스럽네.
만리 밖에서 불어오는 바람이 기러기 보내오는 좋은 가을날,
아름다운 경치를 대하니 높은 누각에서 한껏 취할 만하네.
선생의 문장에 건안풍골이 있고,
남제南齊의 시인 사조 같은 나도 맑은 풍격 있네.
그대와 나 가슴 가득 초연한 흥취와 호기로운 뜻을 품어
푸른 하늘에 올라 밝은 달을 끌어 안고 싶네.
칼을 뽑아 물을 베어내도 물은 더욱 세차게 흐르고,
잔을 들어 근심을 풀어도 근심은 더욱 짙어지네.
인생살이 마음대로 되는 일 없으니
머리 풀고 장강에서 일엽편주 타느니만 못하네.

🍂 감상

이 시는 선성宣城의 사조루에 올라 벗 이운李雲을 송별하는 감정을 나타내는 동시에 이상과 현실의 모순을 가을바람과 달을 보며 극복하고자 하는 시인의 마음을 읊은 시다. 이 시는 뒤에 나오는 두목의 〈선주 개원사 수각 아래 완계에 사는 사람들을 위해 짓다[題宣州開元寺水閣閣下宛溪夾溪居人]〉 시와 가까운 곳에서 지어진 듯하다. 같이 참고하면 시의 이해에 도움이 된다. 이백이 느끼는 이상과 현실의 모순은 당시 지식인이 뛰어넘을 수 없는 벽이었다. 현실의 벽을 자유로운 상상력과 시체로 뛰어넘으려고 하는 천재의 절필絶筆이다.

이 시의 형식은 칠언고시七言古詩다. 칠언고시는 옛 시체 중에서 형식과 체재, 구법, 압운이 가장 자유로울 뿐 아니라 표현력도 가장 풍부한 시체이다. 이백은 고체시에 특히 뛰어났는데, 아마도 자유분방하고 천재적인 기질을 가진 시인에게 율시가 주는 답답함보다 고체시의 자유로움이 더욱 매력적이었을 것이다. 이런 점에서 정해진 규율을 내재화했던 두보가 율시에 뛰어났던 점과 대조되는 부분이다.

1·2구는 이별의 정감이나 경물에 대해서는 언급하지 않고 돌연 자신의 감정을 여과 없이 드러내고 있다. 파격적이고 자유롭다. 3·4구는 맑은 가을하늘과 기러기 떼 날아오는 장엄한 광경을 통해 누각에서 술을 마시고 싶다는 호탕한 정회를 표현한다. 5구에서 8구는 이운과 자신의 문장과 시재詩才를 자신감 있게

드러내고 추흥으로 인해 하늘에 올라 달을 취하고 싶다는 자신의 이상세계와 호탕한 감정을 표현한다. 마지막 9구에서 12구까지는 이상과 현실의 괴리를 극복할 수 없으니 은거하고자 하는 자신의 바람을 표현한다.

🍁 작자 소개

이백李白(701-762)은 서역 쇄엽碎葉(지금 키르기스스탄의 토크마크 Tokmok)에서 출생했다. 자字는 태백太白, 호는 청련거사淸漣居士 또는 적선인謫仙人이다. 5세에 아버지를 따라 사천四川으로 이주하여 살았다. 25세 무렵에 자신의 포부를 펼치려고 고향을 떠나 전국을 다녔다. 42세에 오균吳筠의 천거로 현종을 만났고, 한림공봉翰林供奉에 제수된다. 그러나 얼마 후 관직생활에 만족하지 못하고 전국을 유람하며 두보·고적 등 시인들과 친분을 맺는다. 역모에 가담했다는 혐의로 사형에 처해질 뻔했으나 벗의 도움으로 유배형을 받아 죽음을 면했고, 사면된 뒤에는 장강을 유랑하다 62세에 병사하였다.

이백은 당나라의 위대한 낭만주의 시인이다. 시선詩仙이라 일컬어지고 두보와 함께 '이두李杜'라 병칭되었다. 두보의 시가 세상에 집착하여 유교적 현실주의에 따른 시를 노래했다면, 이백은 술을 통해 세상을 초월하는 신선의 경지를 노래했다. 두보는 수없는 수정을 통해 정밀한 시를 추구했고 이백은 자유롭게 시를 지었으며, 두보는 율시에 뛰어났고 이백은 악부樂府와 칠언절구七言絶句에 뛰어났다. 《이태백집李太白集》이 전하며 시와 문장 1,000여 편이 남아 있다.

05. 한가한 망천 생활에 수재 배적에게 지어주다
輞川閑居贈裴秀才迪

🍁 왕유王維

가을 산 빛은 갈수록 이두워지고
시냇물은 매일같이 졸졸 흐르네.
지팡이 짚고 사립문 밖에 서서
바람 맞으며 매미소리 듣네.
나루터에 석양은 지려하고
마을엔 밥 짓는 연기 한 가닥 높이 오르네.
또 마침 접여는 술이 취해
오류선생 앞에서 소리 높여 노래하네.

寒山轉蒼翠, 秋水日潺湲. 倚杖柴門外, 臨風聽暮蟬.
渡頭餘落日, 墟裏上孤煙. 復値接輿[1]醉, 狂歌五柳前.

1. **접여**: 전국시대 초나라의 은사 이름이다. 스스로 농사를 지어 먹고 살았으며,
   벼슬에 나가지 않고 미치광이처럼 행동하였으므로 사람들이 그를 '초광楚狂
   (초나라의 미치광이)'이라고 불렀다. 《논어論語》〈미자微子〉에 그가 '봉혜가鳳兮
   歌'를 불러 공자를 풍자한 내용이 실려 있으며, 《장자莊子》〈인간세人間世〉에
   도 그와 유사한 내용이 실려 있다. 접여는 머리카락을 자름으로써 당시 사회
   와 통치자들에 대한 불만을 표시하였다고 전해진다.

가을 저녁 무렵 석양이 짐에 따라 땅거미가 내려 앉아 산도 검게 변하고,
가을 물도 끊임없이 졸졸 소리를 내며 흐른다.
나는 사립문 밖에 서서 바람을 쐬며 쇠잔해져 가는 매미 소리를 듣는다.
나루터에는 붉은 석양이 이제 강물 속으로 막 지려하고
마을에는 밥 짓는 연기 한 가닥 하늘 높이 올라간다.
이 때 춘추시대 도가적道家的 은일을 추구한 접여와 같은 그대는
술에 취해 도연명을 사모하는 내 앞에서 맘껏 자연을 노래한다.

🍂 감상

왕유는 산수전원시의 거장이다. 유유자적한 사람만이 느끼는 만추의 정경을 노래했다. 1·2구는 늦가을 황혼 무렵 산 빛과 시내의 물소리를 묘사했고, 3·4구는 한적한 은거생활을 표현했다. 5·6구는 붉게 노을 진 나루터의 모습과 저녁에 밥 짓는 연기가 피어오르는 마을풍경을 묘사했으며, 마지막 7·8구에서는 세속의 이해득실을 잊고 자연 속에 산 도연명과 접여를 통해 시인 자신과 배적裴迪을 비유하였다.

1·2구와 5·6구는 경치묘사이며, 3·4구와 7·8구는 시인 배적에 대한 묘사이다. 배적은 왕유와 함께 종남산에 은거하면서 "배를 타고 왕래하면서 금을 타고 시를 지어 종일 읊조렸던" 좋은 벗이다. 이런 접여를 초나라 광인인 접여에 비유한 것은 전고가 있다. 《논어》〈미자〉에 다음과 같은 구절이 있다.

> 초나라 광인 접여가 공자의 수레를 지나치면서 노래했다. "봉황이여! 봉황이여! 그대의 덕은 왜 쇠퇴했는가? 지난 일은 만회할 수 없지만, 앞으로의 일은 따라갈 수 있다네. 그만두시게! 그만두시게! 지금 정사를 행하는 사람들은 위태로우니." 공자가 수레에서 내려 함께 이야기를 나누어보려고 했지만 그 빠른 걸음으로 공자를 피해 가버렸기 때문에 함께 말할 수 없었다.[楚狂接輿, 歌而過孔子曰 "鳳兮! 何德之衰往者不可諫, 來者猶可追. 已而! 已而! 今之從政者殆而!" 孔子下, 欲與之言, 趨而辟之, 不得與之言]

이 대화는 약간의 차이가 있기는 하지만《논어》와 《장자》에 동일하게 나온다. 이는 유가와 노장의 처세관을 대변하는 것이라고 할 수 있다. 접여는, 만성적인 전쟁상황이었던 춘추시대에 어지러운 세상을 구하기 위해 사방을 쫓아다니는 것은 자신의 생명과 본성마저 지키지 못하는 위태로운 일이므로 자신을 지키는 일이 우선임을 주장하고 있다. 이런 처세관을 위

진시대 도연명陶淵明도 이어받아 〈귀거래사〉에서 "지나간 일은 만회할 수 없음을 알겠고 앞으로의 일은 쫓을 수 있음을 알겠네.[悟已往之不諫, 知來者之可追]"라고 하여 접여의 처세관을 계승했는데, 이를 또 왕유가 계승한 것이다. 이런 맥락에서 볼 때 접여는 왕유를 알아주는 지음知音이라고 할 수 있다.

〈추경산수도秋景山水圖〉

06. 동정호를 바라보며
望洞庭

🍁 유우석劉禹錫

호수불빛은 가을 날과 잘 어울리고
바람 없는 수면은 마치 다듬기 전 구리거울 같네.
멀리 동정호의 산과 호수를 바라보니
은쟁반 위에 푸른색 소라 같네.

湖光秋月兩相和, 潭面無風鏡未磨.
遙望洞庭山水色, 白銀盤裏一靑螺.

가을 동정호 수면 위로 달빛이 비치고
반짝이는 물빛은 이에 답하듯 달빛을 반사하여
세상이 은빛으로 빛나니 한 폭의 그림 같다.
바람이 불지 않아 수면도 잔잔하다.
다듬고 가는 작업만 남겨 둔 구리거울이
사물을 몽롱하게 비추는 것 같다.
멀리 먹물처럼 검푸른 동정호 산 빛과 물빛을 보니
하얀 은쟁반 위에 청색 고둥이 붙어있는 것 같다.

🍂 감상

　이 시는 가을 달빛 아래 펼쳐지는 자연의 광경을 아름답고 친근하게 묘사하고 있다. 중국에서 역대로 산수경관이 빼어난 곳은 시인묵객들이 자신의 재능을 뽐내는 각축장이었다. 동정호도 예외는 아니다. 유우석도 이를 의식하여 일종의 전략을 가지고 이 시에 임힌다. 수많은 동정호에 관한 제재 중 초수 물빛과 달빛을 선택해 몽롱한 분위기 속에 담아낸다. 자신의 손바닥 위에 올려놓는 예술적 상상력과 비유가 아니고서는 불가능하다.

　동서양에서 자연은 진선미眞善美의 원천이 되는 곳이다. 특히 중국인들은 자연을 본받아 윤리적이고 예술적인 삶을 지향해왔다. 하지만 자연과 인간 사이에는 극복할 수 없는 괴리, 곧 무한과 유한의 간격이 존재한다. 그래서 인간은 유한한 삶을 무한한 자연에 빗대어 존재적 숙명을 극복하려고 노력한다. 그 결과, 우수한 문학작품과 예술작품이 만들어졌다.

　이 때 자연은 자신의 비밀 중 하나를 인간에게 내어줌으로써 이름을 얻게 된다. '도가도비상도道可道非常道', 사실 자연은 전체적인 무명無名의 장場이지만, 이름을 얻고 나면 부분의 자연으로 전락하여 인간에게 시달림을 받을 수밖에 없다. 그래서 역설적으로 무명의 자연은 인간에게 유명有名을 부여받음으로써 시달리는 숙명을 타고난다. 유우석의 이 시로 인해 자연은 또 하나의 몸살을 앓았다고 할 수 있다.

〈동정추월洞庭秋月〉

07. 가을에 장안을 바라보다

長安秋望

🍁두목杜牧

누각은 서리 맞은 나무 위로 솟아 있고
거울 같은 하늘엔 티끌 한 점 없네.
남산과 가을빛은
그 기세 서로 더 높이 치솟으려 하는구나!

樓倚霜樹外, 鏡天無一毫.
南山與秋色, 氣勢兩相高.

누각은 높아 가을 서리를 맞은 나무 위로 우뚝 솟아 있고
그 높은 누각에 올라 하늘을 바라보니 티끌 한 점 없는 거울과 같다.
멀리 바라보이는 종남산과 가을 풍경은
그 기세가 대단하여 어느 것이 더 높은지 가늠할 수 없다.

🍂 감상

    높은 곳에 올라야 멀리 보이고 넓게 보이는 법이다. 곁에 있는 나무들은 잎이 떨어지고 가지만 남아 시야를 가리지도 않는다. 이렇게 확보된 시선을 하늘로 돌리니 여름 하늘을 덮던 온갖 구름은 자취를 감추고 티끌 하나 없다. 그래서 그런지 더 높아 보인다. 시인의 마음도 덩달아 높이 솟구친다. 다시 눈길을 멀리 장안 쪽으로 향하니 맑은 가을 하늘을 배경으로 찌를 듯 높이 솟은 종남산의 모습이 조금도 가려짐 없이 두 눈을 가득 채운다. 맑은 가을 하늘 아래 펼쳐진 풍경이건 자신을 온전하게 드러낸 종남산이건 어느 것 하나 부족함 없이 기세를 뽐낸다. 시인이 당면했던 많은 현실의 어려움에도 불구하고 잠시 잊고 위안을 얻어 다시 살아가게 해주는, 자연이 아무런 대가도 바라지 않고 맞춤으로 주는 선물이 바로 이런 것이 아닐까?

〈평사락안도平沙落雁圖〉

08. 동정호에서 노닐다
遊洞庭湖[1]

🍁 이백李白

가을 밤 남호의 물은 맑고 안개 걷혔으니
물길 타고 하늘로 바로 오를 수 있을까.
우선 동정호로 나아가 달빛을 외상으로 사고
배를 타고 술을 사서 흰 구름 가로 가서 마시리라.

南湖秋水夜無煙, 耐可乘流直上天.
且就洞庭賒月色, 將船買酒白雲邊.

1. **유동정호**: 다섯 수 중 둘째 수다.

가을 밤 남호의 물빛은 맑고 안개 걷혔으니
저절로 신선이 되어 하늘로 오르고 싶은 마음이 생긴다.
어떻게 하면 흐르는 물길을 타고 하늘로 오를 수 있을까?
우선 남호에 이어져 있는 동정호로 나아가 달빛을 외상으로 사고
또 술도 사서 마음껏 달을 감상하며 술을 마시겠다.

🍂 감상

　시인은 우리에게 달밤에 배를 띄우고 바라보는 풍경을 묘사해
준다. 가을 밤 남호의 수면은 잔잔하여 물빛은 맑고 안개도 걷혀
달빛이 호수 위로 쏟아진다. 호수 위에 비친 달빛은 수면 위로
빛의 길을 내어 시인을 하늘 위로 오르도록 이끈다. 현실적으로
는 불가능한 일이지만 시인은 상상 속에서 하늘을 오를 수 있는
방법을 찾아낸다. 넓은 동정호로 나아가 아득히 뻗어 있는 하늘
로 오르는 길을 취기 속에서 마음껏 즐겨 볼 것이다.

〈동정추월도洞庭秋月圖〉

제3장

변방의
가을

자야의 오나라 노래 – 가을 노래
변방의 노래

01. 자야의 오나라 노래 – 가을 노래

子夜吳歌 – 秋歌

🍁 이백李白

장안에 한조각 달이 떠 있고

수많은 집에서 다듬질 소리 나네.

가을바람 끊임없이 불어오니

모두 옥문관[1]을 향하는 마음이네.

어느 날에 오랑캐 평정하여

낭군이 원정을 마치고 돌아올까?

長安一片月, 萬戶擣衣聲.

秋風吹不盡, 總是玉關情.

何日平胡虜, 良人罷遠征.

---

1. **옥문관:** 중국 감숙성甘肅省 주천시酒泉市 돈황현敦煌縣에서 서북방향으로 약
   93km에 있던 서역과 통하는 주요 관문이다. 지금은 터만 남아 있다.

장안성에 휘영청 달이 떠오르니

원정나간 남편의 겨울옷을 준비하느라 집집마다 다듬이질 소리 들려온다.

또 가을바람 끊임없이 불어오는 가운데,

집집마다 옥문관으로 원정나간 남편을 걱정하는 마음으로 가득하다.

"언제면 오랑캐를 평정하고 낭군이 집으로 돌아올까?"

🍂 감상

　이 시에서는 먼저 배경을 말하고 그 다음에 감정을 말하는 기법을 사용했다. 달이 떠 있는 모습은 가을에 달이 밝은 계절적 특징을 나타내 주는 장치이고, 다듬이질은 가을이 오자 옷을 새로 만들어야 하는 정황을 나타낸다. 옷을 만들 때는 먼저 직물을 다듬잇돌 위에 올려놓고 공이로 다져야 한다. 밝은 달밤에 장안성에서는 바삐 다듬이질 하는 소리가 들리고, 이때 창문에는 끊임없이 바람이 불어온다. 끊임없이 불어오는 가을바람으로 인해 장안성의 부인들은 멀리 국경지역 옥문관으로 원정나간 남편을 걱정한다. 이제 추워지는 날씨를 어떻게 견딜지, 기나긴 원정을 언제면 마치고 돌아올지 안타까워한다.

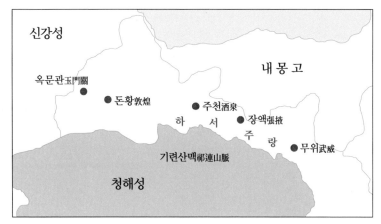

옥문관 지도

〈옥문관〉

02. 변방의 노래
塞下曲

🍁 왕창령王昌齡

말에게 물을 먹이고 가을 강 건너니
물은 차고 바람은 칼날처럼 에이네.
광활한 사막에 아직 해 지지 않아
강 너머로 흐릿하게 임조성 보이네.
옛날 임조성 싸움에
병사들 의기 높았다 모두 말하네.
희뿌연 황사는 예나 지금이나 온통 길을 덮었지만
백골은 길가 쑥 덤불 속에 어지러이 나뒹구네.

飮馬渡秋水, 水寒風似刀. 平沙日未沒, 黯黯見臨洮.
昔日長城戰[1], 咸言意氣高. 黃塵足今古, 白骨亂蓬蒿.

1. **장성전:** 만리장성의 서쪽 기점이 되는 임조성臨洮城에서의 싸움을 말한다. 《구
   당서》와 《신당서》 〈왕준열전王晙列傳〉과 〈토번전吐蕃傳〉의 기록에 의하면, 개원
   開元 2년(714) 10월에 토번이 정예병 10만을 이끌고 임조성으로 쳐들어왔다. 이
   때 삭방군 총관 왕준王晙과 섭우림장군攝右羽林將軍 설눌薛訥 등이 연합하
   여 토번군을 대파하였는데, 토번군의 시체가 조수洮水를 막아 흐르지 않았다고
   한다.

감숙성 민현, 가을에 이미

물은 차고 바람은 칼을 도려내는 듯 뼛속을 파고든다.

아직 겨울 추위는 시작도 안 했는데 벌써 긴긴 겨울에 압도 당한다.

광활한 사막 지평선 위로 해가 지는데

어득어득한 가운데 강(조수洮水) 너머로 임조성이 보인다.

옛날 토번과의 임조성 전투에서 대승을 거둔 이곳 사람들은

당시 아군의 기세가 하늘을 찌를 듯 했다고 전한다.

지금도 임조성 일대 광활한 사막은 온통 황사먼지로 자욱하지만

예로부터 전사자들의 백골이 길가 쑥 덤불 속에 나뒹군다.

🍂 감상

〈변방의 노래〉는 모두 4수로 이루어졌는데, 이 시는 그 두 번째 수다. 행군의 고단함과 전쟁의 참혹함을 늦가을 사막의 차가운 바람과 물을 통해 표현했다. 이 시의 전반부 4구절은 말을 데리고 물 먹이러 가서 보고 느낀 점을 묘사했으며, 후반부 4구절은 전쟁에 대한 시인의 생각을 경물묘사를 통해 나타내고 있다.

왕창령을 보통 중국문학사에서는 변새邊塞 시인으로 분류한다. 변새생활의 경험을 시로 잘 녹여냈기 때문일 것이다. 이 시의 후반부 4구절에서는 직접적으로 드러내지는 않았지만, 풀숲에 나뒹구는 백골을 통해 전쟁의 참혹함을 강하게 표현했다. 여기서 가을은 시인 혼자만의 가을이 아니라 고통 받는 백성들의 가을이다.

✲ 작자 소개

  왕창령王昌齡(698-756)은, 자字는 소백小伯이고 하동河東 진양晉陽(지금의 산서山西 태원太原) 사람이다. 성당盛唐 시기의 저명한 변새邊塞 시인이다. 서른이 다 되어서야 진사에 급제하여 비서성교서랑秘書省校書郞이 되었고, 또 박학굉사과博學宏詞科에 급제하여 사수위汜水尉가 되었다. 개원開元 말에 강녕승江寧丞이 되었다가 용표龍標로 좌천되어 '왕강녕', '왕용표'로 불리기도 했다. 안사의 난 때 자사刺史 여구효閭丘曉에게 피살되었다. 7언절구가 뛰어나며, 이 중 과거급제 이전에 서북 변방 지역에서 지은 변새시가 가장 뛰어나다는 평을 받는다.

제4장

역사와
인간

01. 선주 개원사 수각에 짓다[1]
題宣州開元寺水閣

🍁 두목杜牧

육소문물은 자취만 남고 잡초만 하늘에 닿았으며

하늘은 맑고 구름이 한가한 것은 예나 지금이나 같네.

산 빛에 젖어들어 새들 날아다니고

물소리에 섞여 사람들 노래하고 곡하네.

늦가을이면 주렴같은 비 집집마다 내리고

석양 비추는 저녁이면 누대의 저녁 바람 속에 피리소리 들리네.

범려를 볼 수 없어 슬퍼하니

오호 동쪽 안개에 싸인 나무만 들쭉날쭉하네.

六朝文物草連空, 天淡雲閑今古同. 鳥去鳥來山色裏, 人歌人哭水聲中.

深秋簾幕千家雨, 落日樓臺一笛風. 悵悵無因見範蠡, 參差煙樹五湖東

1. 이 시의 다른 제목은 "선주 개원사 수각 아래 완계에 사는 사람들을 위해 짓
   다[題宣州開元寺水閣閣下宛溪夾溪居人]"로 되어 있다.

육조의 번성함은 자취만 남았고 멀리 풀빛만 하늘에 닿았다.

맑은 하늘에 유유히 떠가는 구름은 예나 지금이나 변함없다.

경정산敬亭山이 거대한 비취빛 병풍처럼 선성宣城을 둘러있고

산 빛 속에 새들은 쉼 없이 날아다닌다.

완계 물가를 따라 사는 백성들의 노랫소리 곡소리는

시냇물 소리와 어우러져 세월을 따라 흘러간다.

또 늦가을이면 비 내려 마치 천호 민가에 층층이 주렴을 걸쳐 놓은 것 같고,

석양지는 저녁이면 누대로 부는 바람 속에 은은한 피리소리 실려 온다.

문득 춘추시대 월나라의 범려가 생각났지만 만날 길은 없고,

동쪽 오호 쪽에선

들쭉날쭉 안개에 싸인 나무들만 어렴풋이 보인다.

🍂 감상

시 가운데 "물소리에 섞여 사람들 노래하고 곡하네[人歌人哭]"라는 내용은 《예기禮記》〈단궁檀弓 하下〉에 나온다. 진晉나라 정경正卿인 조무趙武(BC596-BC545)의 새집이 완성되자 축하하러 간 진나라 대부大夫 중에서 장맹張孟의 축사를 적은 내용이다. 아름답고 웅장한 이 집에서 제사 지내고, 상을 치르며, 빈객들이나 종친들과 즐거운 모임을 가지면서 대대손손 화를 면하며 살아가라는 내용이다. 여기서는 완계를 따라 사람들이 대대로 거주했다는 말이다. 《예기》의 원문은 다음과 같다.

> 웅장하구나! 규모여. 화려하구나! 장식이여. 이곳에서 제사하고 노래하며, 이곳에서 상을 치르고 곡하며, 이곳에서 국빈을 맞이하고 종친들을 대접할 수 있겠구나.[美哉輪焉! 美哉奐焉! 歌於斯, 哭於斯, 聚國族於斯]

시인의 눈에 늦가을 선주宣州의 집집마다 내리는 비나 저녁바람 부는 가운데 석양에 비친 누대에서 들려오는 피리소리는 하나의 아름다운 풍경화가 된다. 이런 풍경은 무한한 자연과 유한한 인생을 두드러지게 하는 하나의 장치로 작용한다. 두목은 인간의 역사와 자연을 늘 염두에 두었다. 육조시대의 화려했던 문화와 역사도 유구한 세월 속에 자취만 남기고 스러지고 마는 유한의 모순을 가지고 있다. 명리를 추구하는 역사 속 인물로 살

것인지, 산 빛과 물소리 속에 유유자적 자연 속의 인간으로 살 것인지 최상의 '선善'은 범려였으나 자신은 그러질 못한다. 멀리 범려가 유유자적했던 오호五湖만 바라보고만 있을 뿐이다.

두목은 〈제안군의 늦가을[齊安郡晚秋]〉에서도 출사와 은거의 갈림길에서 방황하는 모습을 보여주고 있다. 이는 사실 두목만의 문제는 아니다. 관료를 지향하는 동양의 지식인들이 겪어야 했던 숙명이다.

〈추경산수도秋景山水圖〉

02. 제안군의 늦가을

齊安郡晩秋

🍁 두목杜牧

버드나무 강 언덕에 가을바람 불어 그림자 점점 성기니
자사刺史의 집은 교외 백성들 집처럼 쓸쓸하네.
아름다운 구름과 강물은 그래도 감상할 만하고
마음속의 뜻을 읊으니 또한 한가롭네.
추적추적 비 내리고 등불도 쇠잔하여 바둑도 파한 후에
술 깬 외로운 베개에 기러기 소리 처음 들리네.
영웅을 다투던 적벽 나루터 아직 의연한데
도롱이 입은 늙은이만 앉아서 낚시질하네.

柳岸風來影漸疏, 使君家似野人居. 雲容水態還堪賞, 嘯志歌懷亦自如.
雨暗殘燈棋散後, 酒醒孤枕雁來初. 可憐赤壁爭雄渡, 唯有簑翁坐釣魚.

가을바람 소슬하고 버드나무 그림자 점점 성글어지는 가운데
지방관인 내가 머무는 곳은 더욱 고요하고 쓸쓸하다.
이곳 황주에는 한가한 구름이 물에 비쳐 눈과 마음이 즐겁고,
또 시를 읊고 감흥을 토로하니 한가롭기만 하다.
쇠잔한 등불에 추적추적 비오는 밤 같이 바둑 두던 벗들도 이미
돌아간 후, 술 깨어 정신차려보니 나만 홀로 남겨져 있고
기러기 남쪽으로 날아가는 소리 들려온다.
삼국시대 영웅호걸들 호령하던 적벽은 아직 건재하나
도롱이 걸친 늙은이만 여기서 낚싯줄 던지고 있네.

🌿 감상

이 시는 역사 속의 영웅과 초라한 자신을 대조하는 가운데 쓸쓸한 가을을 노래하고 있다. 1·2구에서는 가을바람 불어 버드나무 잎도 성글어지고 시인의 집엔 찾아오는 손님도 드문 풍경을 묘사했다. 3·4구는 산수를 유람하며 자신의 감회를 시로 짓는 자족적인 삶의 일상을 표현했다. 5·6구에서는 긴 가을밤을 보내는 시인의 소회를 노래했다. 7·8구에서는 큰 포부를 품었으나 이렇게 제안군(황주黃州)으로 밀려나 산야를 다닐 수밖에 없는 시인의 탄식을 노래하며 끝을 맺는다.

사실 이 시의 주제는 두목 이후 출사와 은거 앞에서 고민하는 역대 관료지식인들의 숙명적인 주제가 되었다. 그래서 두목의 황주는 출사와 은거 앞에서 고민하는 지식인을 상징하는 곳이 되었다. 북송 초의 대시인 왕우칭王禹偁도 이곳으로 유배와 자신의 출처出處를 고민했고, 북송 중엽의 대문호 소식蘇軾도 이곳에 와서 유한한 인간과 무한한 자연을 노래했던 곳이다.

가을은 완강함을 낳는다. 자연과 우주에 예민한 촉수를 가졌던 시인이라면 곧장 이런 문제에 빠져든다. 결핍으로 인한 갈구가 완강함과 집착을 만든다. 유한 속에서 어떻게 무한을 살 수 있을까? 이런 주제를 두목은 진지하게 던졌고, 약 240년 후 소식은 이곳에서 청풍명월淸風明月 속의 미적 향수로 답한다. 이후 청풍명월은 동양 관료사회 지식인들에게 자유와 아름다움을 제공해 주는 근원이 된다.

소식이 유배 온 제안군의 〈적벽부赤壁賦〉를 지은 적벽

03. 장사에서 가의의 집을 지나다
長沙過賈誼宅

🍁 유장경劉長卿

삼 년 귀양살이 이곳에서 뙜세 머물렀으니
만고의 세월에 초객楚客의 슬픔만 남았구나!
가을 풀 헤치고 홀로 찾아왔건만 그대는 이미 가고 없고
차가운 숲에서 부질없이 바라보니 해가 저무네.
한漢 문제文帝는 도가 있었는데도 은혜는 박했고
상강湘江 강물은 무정하니 어찌 조문할 줄 알겠는가?
적막한 강산 낙엽 지는 곳
가없은 그대는 어인 일로 하늘 끝까지 왔는가?

三年謫宦此棲遲, 萬古惟留楚客悲. 秋草獨尋人去後, 寒林空見日斜時.
漢文有道恩猶薄, 湘水無情吊豈知. 寂寂江山搖落處, 憐君何事到天涯.

한나라 가의는 장사 땅에서 삼년 동안 좌천 당해 있었으니
그의 애달픈 신세가 만고의 세월이 지나도 사람을 슬프게 한다.
홀로 가을 풀 속을 헤치고 인적을 찾아왔지만 아무도 없고
차가운 숲 속에서 부질없이 바라보니
석양은 느릿느릿 넘어가고 있다.
한나라 문제는 인재를 중시했지만 은택은 도리어 두텁지 못했고
상강의 강물은 위로할 줄 모르니 누가 있어 그 마음을 알아줄까?
적막하고 차가운 깊은 산 속에 낙엽은 어지러이 지는데
가엾은 그대는 어쩌다 이 먼 곳 하늘 끝까지 흘러 왔는가?

🌿 감상

유장경은 대종代宗 대력大曆 8년(773) 모함을 받아 두 번째 유배 길에 오른다. 회서淮西 악악鄂岳 전운사유후轉運使留後로 있다가 목주睦州(지금의 절강浙江 건덕建德) 사마司馬로 갔다. 이 시는 유배 길에 장사에 도착했을 때 지은 것이다. 가의는 한나라 문제 때 의 저명한 정치가로서 중상모략을 당해서 중앙에서 밀려나 3년 동안 장사왕長沙王 태부太傅로 있었다.

이 시의 감상에서 중요한 것은 표면적인 의미뿐 아니라 함축된 의미도 읽어낼 수 있어야 한다는 것이다. 제5구의 '도가 있음[有 道]'과 '도리어[猶]'라는 표현은 표면적으로 한나라 문제에 대한 이 야기를 하고 있다. 그러나 당시의 무능한 당나라 대종은 그보다 도 못해서 기대할 것이 없다는 뜻을 이면에 담고 있다. 또 제8구 의 '그대[君]'는 표면적으로 가의를 지칭하지만 다른 한편으로는 유장경 자신을 지칭하기도 해서 가의에 대한 연민뿐 아니라 자 신에 대한 연민도 포함하고 있다.

표면적으로는 옛 사람과 옛 일을 읊고 있지만 사실은 현재의 사람과 일을 이야기 한다. 모든 글자와 행간에 시인 자신이 자리 잡고 있지만 드러나지 않고 함축적으로 존재한다. 당시唐詩의 수 준 높은 표현 기법을 볼 수 있는 대표적인 시라고 할 수 있다.

🍁 작자 소개

　유장경劉長卿(약725-약791)은, 자字는 문방文房이다. 안휘성安徽省 선성宣城 출신이라는 설과 하북성河北省 동남쪽에 위치한 하간河間 출신이라는 설이 있다. 젊었을 때는 낙양洛陽 남쪽의 숭양嵩陽에 살면서 청경우독晴耕雨讀하는 생활을 하였다. 733년(개원 21)에 진사가 되었다. 회서淮西 지방에 있는 악악鄂岳의 전운사유후轉運使留後의 직에 있을 때 악악관찰사鄂岳觀察使 오중유吳仲儒의 모함을 받아 목주사마睦州司馬로 좌천 당하였다. 그러나 말년에는 수주자사隨州刺史를 지내 유수주劉隨州라고 불렸다. 오언시五言詩에 능하여 '오언장성五言長城'이라는 칭호를 들었다.

　강직한 성격에 오만한 면이 있었다. 관리로서도 그 성격을 그대로 나타내 자주 권력자의 뜻을 거스르는 언동을 하였다. 그래서 두 차례나 유배를 당하여 실의의 세월을 보냈다. 그의 시에 유배당하여 실의 속에 보내는 생활과 깊은 산골에 숨어살려고 하는 정서를 그린 것이 많은 것도 이런 연유에서이다. 작품에 《유수주시집劉隨州詩集》 10권과 《외집外集》 1권이 있다.

04. 삼려묘를 지나며
過三閭廟

🍁 대숙륜戴叔倫

원수와 싱깅은 그치지 않고 흐르는데
굴원의 원망은 어찌 이리 깊은가?
날 저물자 가을바람 일어
쓸쓸한 단풍 숲으로 불어오네.

沅湘流不盡, 屈子怨何深.
日暮秋風起, 蕭蕭楓樹林.

원수와 상강은 그치지 않고 세차게 흘러가는데
간신배들 때문에 포부를 실현하지 못한 굴원의 원망은
깊이 뼛속까지 사무쳐 지금까지도 남아 있는 것 같다.
날 저무는 황혼녘에 한바탕 가을바람이 일어나
굴원을 모신 삼려묘 곁에 있는 쓸쓸한 단풍 숲으로 불어오네.

🍂 감상

삼려묘는 춘추시기 초나라 삼려대부 굴원을 모신 사당으로, 장사부長沙府 상음현湘陰縣 북쪽 60리(지금의 멱라현汨羅縣 경계)에 있었다고 전해진다. 이 시는 굴원을 조문하는 시다.

원수와 상강은 굴원의 시에서 자주 등장하는 강이다. 그래서 시인은 이 두 강으로부터 생각의 실마리를 이끌어내고 있다. 지금도 변함없는 이 강들처럼 굴원의 원망도 그대로일까? 구체적으로 적시하지는 않았지만 시인은 3·4구를 통해 독자들이 그 원망의 깊이를 상상하게 한다. 가을바람과 쓸쓸한 단풍나무 숲.

중국 문인의 심리를 구성하는 사상적 전통으로 유불도儒佛道 삼교를 꼽는다. 하지만 유가는 사회윤리가 중심이고 불가와 도가는 감정에 부정적이어서 예술에 투영되는 감정의 문제를 설명해주지 못한다. 그래서 또 다른 하나의 사상적 전통을 끌어들이는데 그것이 바로 굴원으로부터 시작하는 '초사楚辭' 정신이다. 인생의 좌절과 고통으로부터 오는 슬픔과 원망을 예술적으로 승화시켜 표현할 수 있도록 해주는 이 전통은 굴원으로부터 시작해서 한나라의 가의와 사마천, 당나라의 한유, 송나라의 구양수를 거쳐 중국 문인의 심리에 내재화하였다고 이야기된다. 대숙륜도 이러한 전통을 내재화하고 있었을 것이다.

✿ 작자 소개

　대숙륜戴叔倫(732-789)은, 자字는 유공幼公이며, 윤주潤州 금단金壇(지금의 강소성 금단현) 사람이다. 덕종德宗 정원貞元 연간(785-805)에 진사가 되었다. 사회 모순을 고발하거나 백성의 고통스런 삶을 이야기한 악부시樂府詩를 잘 썼다. 〈여경전행女耕田行〉, 〈둔전사屯田詞〉 등이 유명하다. 이 밖에 아름답고 참신한 경물시도 남겼는데, 경물시에 대해 "시가의 정경은 마치 밭에 볕이 들고, 미옥美玉에서 안개가 피어오르듯이 멀리서는 바라볼 수는 있지만 눈앞에서는 알아 챌 수 없는 것과 같다.[詩家之景, 如藍田日暖, 良玉生煙, 可望而不可置於眉睫之前也]"라고 주장하였다. 작품 모음집으로 명대明代 시인이 편집한《대숙륜집체戴叔倫集體》가 있다.

편역

삼호고전연구회三乎古典研究會

태동고전연구소(지곡서당) 졸업생이 주축이 되어 2010년부터 중국 고전을 현대인의
독법에 맞게 번역하고 그 의미를 공부하는 모임이다. 삼호三乎는《논어》〈학이〉제
1장 '불역열호不亦悅乎', '불역락호不亦樂乎', '불역군자호不亦君子乎'의 세 '호乎' 자를
딴 것이다. 뜻을 같이하는 사람이 함께 모여 즐겁게 공부한다는 의미를 담고 있다.

강민우姜玟佑
서울 출생
한남대학교 사학과 졸업
성균관대학교 대학원 사학과 석사졸업
성균관대학교 대학원 사학과 박사과정
태동고전연구소 수료
(사) 임원경제연구소 연구원

권민균權珉均
부산 출생
동아대학교 중어중문학과 졸업
고려대학교 대학원 사학과 석사·박사 졸업
태동고전연구소 수료
부산대·동아대·부경대 강사

김자림金慈林
서울 출생
추계예술대학교 동양화과 학사·석사 졸업
성균관대학교 대학원 동양철학과 박사 수료
(사)인문예술연구소 연구원
그림작가

서진희徐鎭熙
부산 영도 출생
서울대학교 미학과 학사·석사·박사 졸업
태동고전연구소 수료
홍익대 초빙 교수
서울대·성균관대 강사

번역서
《인문정신으로 동양예술을 탐하다》(2015)

차영익車榮益

　경남 삼천포 출생

　고려대학교 중어중문학과 학사·석사·박사 졸업

　태동고전연구소 수료

　번역서

　《순자교양강의》(2013), 《리링의 주역강의》(2016)

도판 자료 소장처

- 〈궁궐의 여인[仕女圖]〉, 김홍도金弘道(조선), 국립중앙박물관, 32쪽
- 〈도련도搗練圖〉, 휘종徽宗(송宋), 보스턴 미술관, 출처 위키미디어, 45쪽
- 〈도곡증사陶穀贈詞〉, 당인唐寅(명明) 그림. 타이완 국립고궁박물관, 출처 위키미디어, 67쪽
- 〈추경산수도秋景山水圖〉, 지운영池運永, 국립중앙박물관, 71쪽
- 〈산수인물도山水人物圖〉, 여잠呂潛(청淸), 국립중앙박물관, 74쪽
- 〈추경산수도秋景山水圖〉, 조석보曹錫寶(청淸), 국립중앙박물관, 93쪽
- 〈군학서상도群鶴瑞祥圖〉, 국립중앙박물관, 97쪽
- 〈추경산수도秋景山水圖〉, 허련許鍊(조선), 국립중앙박물관, 105쪽
- 〈동정추월洞庭秋月〉, 이징李澄(조선), 국립중앙박물관, 109쪽
- 〈평사락안도平沙落雁圖〉, 이징李澄(조선), 국립중앙박물관, 113쪽
- 〈동정추월도洞庭秋月圖〉, 통영시립박물관, 117쪽
- 〈옥문관〉, 출처 위키미디어, 123쪽
- 〈추경산수도秋景山水圖〉, 해강奚岡(청淸), 국립중앙박물관, 133쪽

참고자료

　《만고제회도상萬苦際會圖像》

　《중국역대인물상전中國歷代人物像傳》

당시 사계唐詩 四季 가을을 노래하다

2021년 2월 22일 초판 1쇄 발행

편역 　　　　삼호고전연구회

발행인 　　　전병수
편집·디자인 　배민정
발행 　　　　도서출판 수류화개
　　　　　　 등록 제569−251002015000018호 (2015. 3. 4.)
　　　　　　 주소 세종시 한누리대로 312 노블비지니스타운 704호
　　　　　　 전화 044−905−2248
　　　　　　 팩스 02−6280−0258
　　　　　　 메일 waterflowerpress@naver.com
　　　　　　 홈페이지 http://blog.naver.com/waterflowerpress

ⓒ 도서출판 수류화개, 2021

값 15,000원
ISBN 979-11-971739-3-6(03820)